我尋找你，
在匆迫的行旅之中
如一尾魚，
在擺動的水草之中

臉書帖

向陽

目次

卷一　念舊

卷三 愛藏

卷四 賦詩

卷五 聞見

臉書帖序

虛擬空間的旅人手帖

這是一本小書，一本隨手寫，隨手記的小書，名為「臉書帖」，當然是因為這小書中的文字、圖像都出自臉書，記載了我自二〇〇九年九月二十日加入臉書後的隨想、心事和行蹤。除非有事，大約每日一記，多半輔以一圖，像出岫的雲一樣，在天際自在浮沉；也像倦鳥一般，日落時分就歸巢休息，而不計「讚」之有無，更不在乎按讚人數之多寡。

就這樣在電腦前隨手敲、隨手傳，把臉書當成日記，寫給自己看；當成郵簡，寄給朋友讀；也把臉書當成個人的媒體，傳送訊息和議論給網路上流動的不知名的瀏覽者分享——日積月累，月逐日追，三、四年下來，居然積累相當篇數，標記了我與歲月追逐的殘跡舊影，也標記了我從紙本轉進雲端書寫的旅程。

旅人一般，我在實體世界旅行，雙腳行踏之處，都是厚實的土地和清晰可辨的臉顏；旅人一般，我在虛擬的空間旅行，鍵盤敲擊之聲，對應的是流動的螢幕和模糊難辨的名姓和代稱。相較於早前流行的BBS、MSN、BLOG或至今仍在的WWW，臉書結合了幕頁(screen page）和書頁（book page），構連了虛擬空間和實體世界，也鎔鑄社交社群和個人媒體於一體，更加靠近實體世界，又存有虛擬空間的簡易與快速。這使我這個網路旅人，可以在臉書之中「舟搖搖以輕颺，風飄飄而吹衣」，隨意記述行踏；也可以「引壺觴以自酌，眄庭柯以怡顏」，快意吐露心事。

實體世界中，旅行有時程規範、有地點限制，也有天候、氣溫的變化；虛擬空間中，旅行可以天南地北、上古下今，也可以當下即拍、此刻就發；可以變裝、可以化名，可以文字、符號夾雜，也可以貼圖、聲音齊用，不受任何框架制約。

實體世界中，隔壁鄰居多屬陌路，老友一別此恨綿綿；虛擬空間中，鍵盤輕敲，陌路頓成好友，失散多年的舊友瞬間來見。在時間的流動和流動的空間中，書寫因此更形輕盈、快意且自在。

這本《臉書帖》，就是這三、四年來我在實體世界和虛擬空間中交錯旅行的隨手記。書分五卷，卷一「念舊」，記舊人、舊事與舊情；卷二「繫緣」，書世緣、機緣與福緣；卷三「愛藏」，寫行藏、珍藏與永藏；卷四「賦詩」，敘情境、意境與心境；卷五「聞見」，述所聞、所見與所思。這些隨筆，既屬隨手書寫，本無完整形構，因為隨手，所以隨意，因為隨意，所以隨興，乃就更能真實地再現新的語感、重構新的語境。風吹葉、雨敲窗，鍵盤上打出的字、幕頁中浮現的圖，相互詮解，已無需言說。

現在，這些來自實體世界的文字與圖像，在旅行虛擬空間多年後，又像蝴蝶一樣回到花瓣上尋訪自己，重返紙本的閱讀世界中。原以為一去不返，勢將伴隨虛擬空間而盡成灰燼的文本，能以新的形體再生，作為數位年代的一道刻痕，這是我最高興的事，也是《臉書帖》具有意義的所在，它標誌了台灣散文發展的新碑記，異於往昔的紙頁書寫、紙本發表，這是網路數位書寫與紙本發表的另一種媒合形式的開始。我很高興《臉書帖》能和其他已出、將出的同類型紙本為這樣的新形式打先鋒。

對於讀者來說，當然不必這樣看待。《臉書帖》來自臉書，但已非臉書，書頁去除了幕頁的流動和幻變，將旅人的殘稿凝定下來，成為靜定的所在。這書頁上的文字與圖像，從實體出發，進入虛擬空間，又回到真實人間，靜候翻閱。這是旅人的手帖，容你細讀細品，也容你隨意翻看。

＊感謝聯合文學出版社前總編輯、小說家王聰威，沒有他的約稿，就沒有本書的編選。

＊感謝聯合文學出版社總編輯、詩人李進文，因為他才使這本小書得以出版，並且以優質的編輯、版型和印刷呈現於讀者之前。

＊感謝本書責任編輯任容，她以高度的編輯專業，整理我交出的零碎篇章與圖片，重整結構，使文圖搭配有機而活潑可讀。在與她書信往返的過程中，我看到一個年輕、新銳編輯的嚴謹與細膩。

卷一

念舊

Like

20091016

想起施明正

連日雨暫停，想起天才小說家施明正（一九三五年十二月十五日—一九八八年八月二十二日），想起他生前送給我的照片，照片上的字跡、影像，都如昨日一般清晰。

一九六二年，明正兄和施明雄、施明德三兄弟因涉「台灣獨立聯盟案」遭逮捕下獄。出獄後，停筆多年，一九八〇年代重拾寫作之筆，以〈渴死者〉、〈喝尿者〉獲吳濁流文學獎。一九八八年因絕食聲援其弟施明德而死。

我與明正兄交往時，已是他的「晚年」，從一九八五到年他逝世之前，我們見面頻繁。當時我在自立晚報上班，從濟南路二段到位於忠孝東路一段的「施明正推拿中心」只要幾分鐘路程。看他、相談，多半是詩、文學，偶而觸及政治。當時還在戒嚴中，黨外運動如火如荼，施明德被關在監牢中，不時以拒絕進食向威權當局抗議；明正兄應該是心如刀割，終日以酒洗愁，最後也以絕食聲援胞弟，心肺衰竭而死。

想起明正兄，想到那個荒謬的年代。暗夜禁錮了一切，禁錮不了自由的靈魂與鮮紅的玫瑰。

20110328
懷念楚戈

今天收到文訊雜誌寄來「楚戈追思紀念會」的帖子。對於這位詩壇前輩的過世有著不捨的感覺。我年輕時初入詩壇就認識他了，由於詩人商禽的緣故。

楚戈先生寫詩、寫散文、寫藝術評論、從事繪畫、雕刻，才華洋溢，是一位充滿傳奇色彩而又爽朗、明亮的才人。

前陣子台北家翻修，從書房中找到一批當年我編《自立晚報副刊》時留下的作家手稿，其中最先映入眼中的就是楚戈先生的一篇日記。後來收入我編的《人生船・作家日記三六五》（爾雅出版社，一九八五）。

這篇日記，寫於一九八三年九月十一日，楚戈先生應香港某大學之聘短期講學，結果只准停留三天，這年他五十三歲，想念睽違三十六年的母親，希望和她在香港短期相聚，「雖死也可瞑目矣」。人子之情，溢於筆墨。

睹物思故人，這保存了二十七年的楚戈手稿，還留有楚戈先生的感喟。

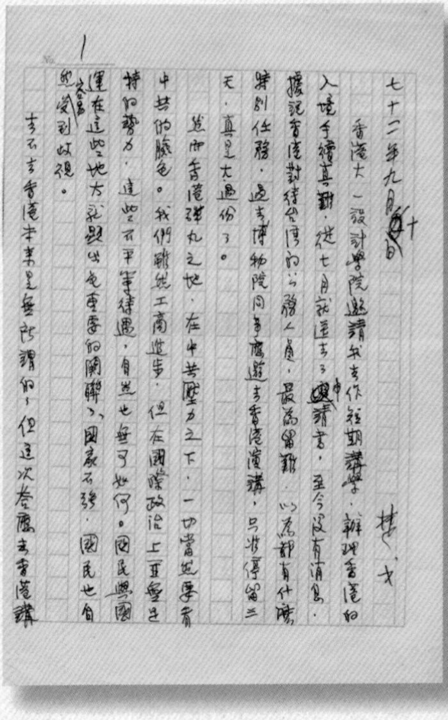
No. 1

七十二年九月廿日　　楚戈

香港大一設計學院邀請我去作短期講學，辦理香港的入境手續甚難，從七月就送去了申請書，至今沒有消息。據說香港對待台灣的公務人員，最為留難，以為都有什麼特別任務，過去博物院同事應邀去香港演講，只准停留三天，真是太過份了。

這個香港彈丸之地，在中共壓力之下，一切當然要看中共的臉色。我們雖然工商進步，但在國際政治上並無支持的勢力，這些不平等待遇，自然也無可如何。國民與國運在這些地方就顯出它重要的關聯了，國家不強，國民也自然會受到歧視。

去不去香港本來是無所謂的，但這次答應去香港講

20110414

林海音家的餐敘

一九九二年七月二十九日晚上，林海音邀請當時台北各報副刊編輯與文化新聞記者到她家中聚餐。當時林先生七十四歲，親自下廚，招待這群文化界的晚輩。這一年，她的《城南舊事》英文版出版，由齊邦媛、殷張蘭熙翻譯。

晚餐相當豐盛，談些甚麼，時隔多年，我都模糊了，大約談文壇舊事、出版訊息這些吧；倒是當天與會者有誰，透過照片還能一一指認，坐在前排的，從右邊算起：有黃美惠（時為民生報文化版記者）、蔡文甫（剛卸任中華副刊主編）、齊邦媛（時為中華民國筆會Chinese Pen季刊總編）、林海音、劉靜娟（時為新生報副刊主編）；站在後排的，也從右邊算起：有陳義芝（時為聯合副刊副主任）、張娟芬（時為中國時報文化新聞記者）、向陽（時為自立早報總主筆）、梅新（時為中央日報副刊主編）、蘇偉貞（時為聯合副刊編輯）、楊澤（人間副刊主編）、應平書（時為中華副刊主編）。「林海音家中的客廳就是半個文壇」，此之謂也。

讓我印象最深刻的是，餐敘後，林先生說：「來，向陽，有本書你一定有興趣，我找給你看。」說完，就進入書房，拿了李獻璋在日治年代出版的《台灣民間文學集》示我：「你寫台語詩，應該用得到。」其實我已有一本影印本，還是敬謹接下，因為我知道林先生借我這本書，有鼓勵我繼續創作台語詩的用意。

餐敘後不久，我收到林先生寄來當晚照片，照片上用黃色貼紙標示日期，字跡是她親筆所寫，可見她的細心。

直到今天，我保留這照片，照片上的貼紙也一直捨不得撕下。

20110426

我的父親林助

南一書局國中國文第五冊第三課（二〇一〇年八月）收了我在九二一大地震之後四個月寫的詩〈春回鳳凰山〉（這首詩最早是在二〇〇三年八月收入南一版國中國文第三冊）。前不久，南一書局的編輯們來學校訪問我，拍攝了教學影片，也希望我提供童年至今的一些照片供他們後製影片之用。

近期照片好找，但在我的年代，一般人生活並不富裕，拍照相對奢侈，因此我高中之前的照片並不多，尤其童年時期。連找好幾天，終於從一盒餅乾盒子裡錯落堆疊的舊照中，找到一張破損的老照片，背面沒有說明，推測該是我滿周歲時拍的。

對我來說，這是相當珍貴的照片，生於一九二一年的父親這年三十五歲，成為他長子的我一歲，晚婚成家的父親，喜獲頭璋（第一個男兒），眉開眼笑，而剛來到這個世間不過一年的我，則坐在腳踏車上，瞇眼張嘴，傻楞楞地看著前方的攝影機鏡頭，似乎對眼前的快門和未來的人生還有些半驚半奇吧。

一九五〇年代的中部山村，是典型的農村，在二次世界大戰過後十年休養生息，開始有了活力，相館、小醫院、戲院、旅社、天主教堂、打鐵店、小麵店……一路開，開出了一條小街。我出生在這條名叫廣興村中正路的街上，門牌十六號，這條小街也是台灣漢詩大家張達修先生（注）出生地。

我的父親林助是凍頂林家茶農子弟，家境清貧，兄弟眾多，自小多病，未能接受正式教育，直到一九五二年，三十一歲才取得鹿谷國校附設補習班結業證書，而得以在身分證上註記：「識字」，這是他一生的最高學歷。

父親年輕時在中正路十四號他堂叔（我的堂叔公）林贍先生家中當長工（幫傭），自習漢文與珠算、簿記，幾年後成為林贍先生得力助手。一九五二年一月二十七日（農曆新正）他與來自集集母親余素賢結婚，三年後生下我，其後為次子鈺錫（林彧）、三子柏維和么女芬櫻。

出身凍頂茶農之家的父親，經過長工、會計的歷練後，創業開設永隆木材廠，凍頂茶行、正大茶行，一生與茶葉、林木為伍，一九七六年四月二十日病逝家中，後安眠於老家凍頂茶園。

注：張達修（一九〇六—一九八三），號篁川，別號少動，生於鹿谷庄車輄寮（今鹿谷鄉廣興村），十九歲時入新化王則修之門，習經史詩文，自此以漢詩名家。他跨越日治與戰後兩個年代，畢生致力漢詩創作，為古典詩壇推為一代宗家。生前著有《醉草園詩集》，二〇〇五年百歲冥誕，中正大學台文所曾為他舉辦「張達修暨其同時代漢詩人學術研討會」、編選出版《生事歸清恬——張達修詠讚台灣百首詩精選譯註》，二〇〇七年由家屬出版其門生林文龍所編《張達修先生全集》五種。

20110519

白雪與曙光

今天下午趨勢教育基金會、聯經出版公司在中山堂舉辦茶會以及聶華苓回憶錄《三輩子》新書發表會，我匆忙趕到時已近尾聲，正在放映紀錄片。現場坐滿了去過愛荷華的作家以及文友，一起分享聶華苓先生的「三輩子」生涯，以及她為台灣作家所做的一切。

翻閱聯經贈送的《三輩子》，看到書內收有一張我自己也沒有的照片，是一九八八年聶大姊（從一九八五年至今我對她的稱呼）與安格爾伉儷來台時，與我和方梓的合影。這張照片聶大姊保存至今，令我感念。

但更令我感心的是，相片下方的圖說，這是聶大姊親手寫的。她提到一九八五年楊青矗兄、方梓和我到愛荷華一事，說「他們離去時，雪中依依送別」；接著說後來在新加坡重見（一九八六年），參加王潤華在新加坡大學主持的國際作家會議，「他們黎明送別」。最後，聶大姊使用了這樣的結語，「現在回想起那一對人，就想到白雪和曙光」。昔我來矣，今我來思，聶大姊連圖說都

寫成詩了。

一九八五年我到愛荷華時三十歲，聶大姊六十歲；二〇一一年她回台的此時，她八十六歲，我五十六歲。這中間我們有多次重逢，從一年後、四年後，到二十六年後的今天，每經一次重逢，時序又老一回，不變的是，看到她時，我內心總是充滿喜樂，一如初見那年。還有，我與她每次見面，總是相差三十歲。

Like

20110802

見故人於書翰

柏楊夫人、詩人張香華日前寄我與方梓一盒很有創意，又具收藏價值的《柏楊白話版資治通鑑》發行一千萬冊紀念鉛筆。三十六枝鉛筆使用香杉木，黴墨色筆身，上書柏楊墨跡，為柏楊當年所譯資治通鑑各冊書名，每枝鉛筆儼然就是一本書的化身。

近日正在編輯《臺灣現當代作家研究資料彙編》中的柏楊卷，收到這份上有柏老字跡的紀念鉛筆，當年初識柏老的種種畫面不禁在心上浮出。

柏老曾擔任《自立晚報》副刊主編，任內以其雜文專欄備受歡迎，因此得罪當道而下獄，這是我與他的因緣之一；柏老出獄後，曾到華岡拜訪他的老友史紫忱教授，當時讀大四的我因史老師關係而見到了剛出獄的他，這是因緣二；其後他與詩人張香華結婚，也因此和當時的《陽光小集》詩人有了相當密切的聯繫，這是因緣三。

看著柏老墨跡化身於鉛筆之上，如見故人於書翰之中。

20111029

悼楊千鶴女史

楊千鶴女史（注）過世了，得知這個訊息之後，半夜回到暖暖，在書房中找出一九九三年她持贈予我的《人生のプリズム》（圖為是書扉頁），追思這位日治時期臺灣傑出記者、作家的一生行誼，重讀書中的部分章節，有不捨之感。

我與千鶴女史初識於一九八五年秋天赴美之時，曾夜宿她家，其後多有聯繫。與她最後一次談話，是二〇〇六年我為聯合文學主編《二十世紀台灣文學金典》時，選入她的小說〈花開時節〉，她指定導讀一定要由我來寫，才肯同意授權。在國際電話中她殷殷垂詢我的生活近況，並希望我有機會到美國時能再見面。如今已無可能矣。

注：楊千鶴（一九二一—二〇一一），生於台北市，台北第二師範附屬公學校、台北靜修高等女學校、台北女子高等學校畢業。一九四〇年以日文開始隨筆（散文）書寫，次年進入《台灣日日新報》擔任「家庭婦人

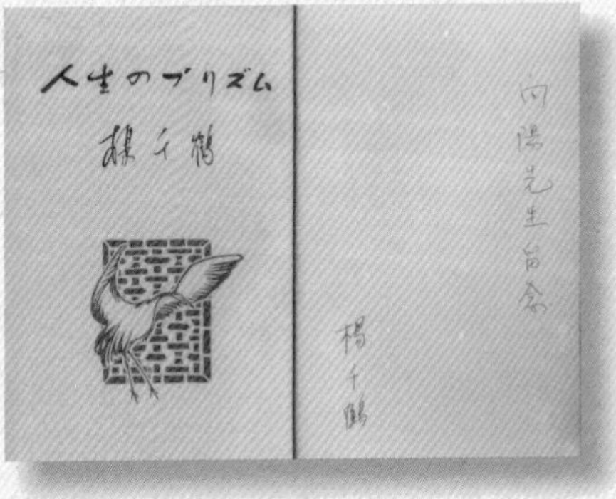

欄」記者，除撰述文化藝術等報導之外，並發表文章於當時的《文藝台灣》、《民俗台灣》、《台灣文學》等多種刊物，備受文壇矚目。其後因結婚以及戰爭因素輟筆。二次世界大戰結束後，又因國民政府來台，政局驟變，日文遭禁而停筆。一九五〇年以無黨籍身分當選首居民選台東縣議會議員，次年任台灣省婦女會理事。一九九三年在日本出版《人生のプリズム》（中譯本《人生的三稜鏡》）。二〇〇〇年將舊作集結為《花開時節》一書在台出版。

20111104

張深切與《遍地紅》

音樂劇《渭水春風》又將在台北公演了。該劇當中動人的歌不少，其中以賽德克族語唱出的〈射日的祖先正伸手〉尤其動人心弦，這首歌的歌詞原為中文，出自我的長詩〈霧社〉，冉天豪作的曲相當貼合霧社事件的悲壯情境——這使我想起台灣重要作家張深切（一九〇四－一九六五）（注）的電影小說《遍地紅》。

此書於一九六一年八月由台中中央書局出版。封面、插圖由王水河設計。書收〈遍地紅〉與〈鴨母〉兩文，以「遍地紅」為書名。張深切〈自序〉說，〈遍地紅〉原題〈霧社櫻花遍地紅〉，是在一九四九年之前為西北影片公司所寫電影劇本，但因戰爭未能拍攝，他重新加以修改整理，「仍竊望能拍成電影」——這個願望至今仍未完成。序末感謝味全公司董事長黃烈火資助，也間接說明了這本著作在當時出版的困難處境。

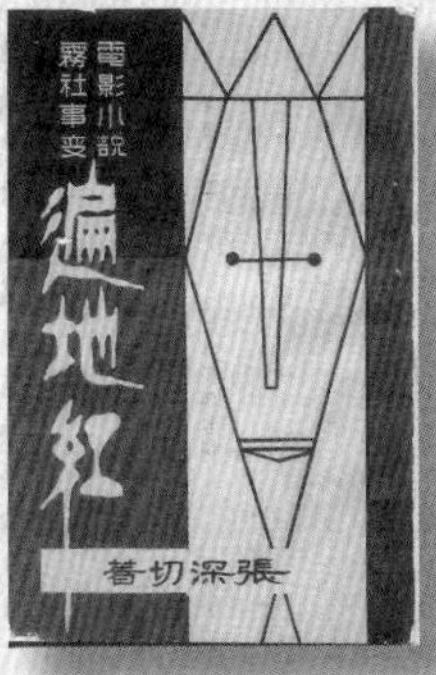

注：張深切（一九〇四—一九六五），南投草屯人，東京府立化學工業學校、東京青山學院中學部畢業。他的一生相當富有戲劇性，一九二二年留學日本時就主張革命的方式獨立於日本之外，一九三〇年轉向文學戲劇，其後創立「台灣文藝聯盟」，發行《台灣文藝》雜誌，確立了台灣人的新文學路線。一九三八年赴北京，曾任《中國文藝》主編及發行人。戰後返台，曾任台中師範教務主任，二二八事件時被列入黑名單，帶著「台灣文藝」的木製牌匾走避深山，此後不再參與政治運動，但仍創作不懈，陸續寫下《獄中記》、《我與我的思想》、《孔子哲學評論》、《遍地紅》、《里程碑》等多本著述，多不能出版。一九九八年他的外甥吳榮斌（文經社社長）為他出版《張深切全集》十二卷，才使他的一生志業為讀者所知。

20111122

書寫是有土地的，不能只顧看自己

週一在東吳大學通識課程文學講座中介紹了李雙澤作曲的〈美麗島〉（原詩：陳秀喜，改寫：梁景峰），在胡德夫的歌聲中，希望學生能因此體會詩和土地的關係。

胡德夫的歌聲一直縈繞腦際，今晚忽在書房中翻出了鍾肇政先生於一九七八年三月十三日發出的一封通知函，其中赫然出現李雙澤的名字。

鍾老的這張通知函，以鋼板刻寫油印，字跡秀雅，主要是通知當屆「吳濁流文學獎及新詩獎」評選結果：

文學獎部分，得獎作品及作者：「終戰賠償」李雙澤；佳作：「河鯉」鍾鐵民、「剁」喬幸嘉。新詩獎部分，得獎作品及作者：「鄉里記事」向陽；佳作：「醉漢」非馬、「鄉景」宋澤萊。

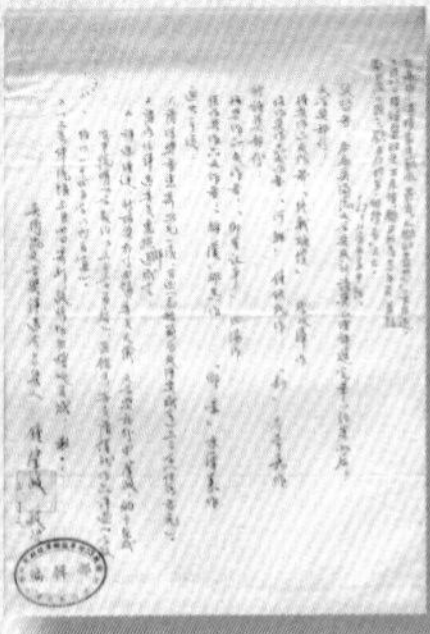

這張已有歲月摺痕的通知函，發於一九七七年爆發的鄉土文學論戰之際，包括李雙澤在內的所有得獎作品都與台灣土地、現實社會有關。在風聲鶴唳的威權統治之下，擔任吳濁流文學獎評選會召集人的鍾肇政先生一定承擔相當大的壓力，包括趙天儀先生在內的評選委員想必也是。

李雙澤在此獎公布前，一九七七年九月十日已於淡水海灘因拯救溺水外國遊客而逝世，得年二十八歲。我則正在高雄小港當陸軍工兵二等兵。鍾老擔心我在軍中會有麻煩，很謹慎地把所有通知都寄到溪頭，來信也是，獎牌也是；至於獎金，我回信鍾老捐回給吳濁流文學獎。

這張通知上，獲得文學獎的鍾鐵民、喬幸嘉（陳恆嘉）也已先後過世。

我從年輕時保留這張通知函至今，作為紀念，謹記前輩對後進的提攜，永以為好；也作為惕勵，書寫是有土地的，不能只顧看自己。

20111124

異國小雪

詩人李長青今天寫了一封信給我，信上說「昨天是小雪／我昨天對靜宜大學台文系修現代詩的學生介紹老師的小雪／效果非常好喔」。

原來小雪已到，難怪這幾天東北季風越來越強，冬天也近了。

〈小雪〉是我以二十四節氣名所寫的二十四首詩之一，收入詩集《四季》，寫於一九八五年我在愛荷華大學之際。這首詩藉著夢見父親，寫對故鄉台灣的想念。全詩如下：

小雪趕在紅葉之後
開遍愛荷華初冬的山坡
彷彿落葉一般，不斷飛過
我暫時寄寓的樓窗前
又頹然歇下腳來
在輕迴的風中，在自己
也決定不了的處所

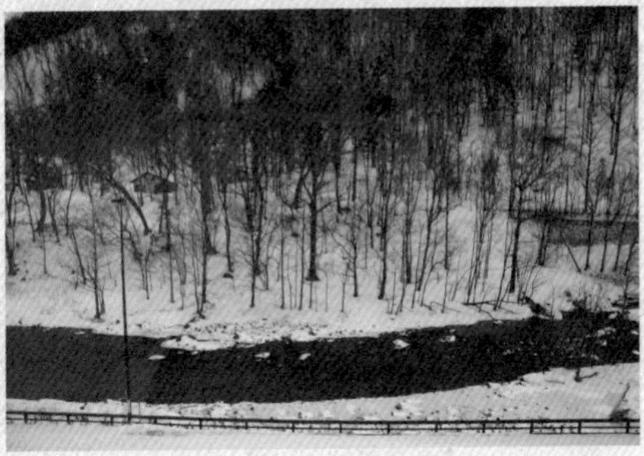

林劭璠／攝影

呵了一口氣，灰濛濛的
天空——另一半正注視著
大洋彼端的家國

思念有時像小雪。有時
更像落葉，不融不化
只是慢慢腐萎
這異國晨間的細雪
疑是昨夜的一場夢魘
夢中，已經死去的父親
也來與我站在窗前
指著四處飄零的雪花
說：雪太冷了，我們回去
回到故鄉鋪滿落葉的土地

20120226

畫家陳澄波的悲劇

剛剛看完民視胡婉玲主持的「台灣演義」，播的是台灣畫家陳澄波一生的故事。

陳澄波（注）是台灣永不會被遺忘的畫家，一九二六年以畫作「嘉義街外」入選日本「帝國美展」；一九四七年二二八事件爆發後，為了調解軍方和民軍之間的衝突，代表嘉義市民前往和談，卻遭軍方以以粗鐵線綑綁，遊街示眾後，槍斃於嘉義火車站前，曝身街頭。

二〇〇〇年，我曾以他的故事寫成〈嘉義街外〉一詩，表達我對陳澄波事件的感慨。

十二年後的春寒之夜，看完台灣演義詮釋的陳澄波，找出此詩，悲愴與寒雨，已難分辨。

你倒下來時天都暗了
日正當中的嘉義驛前
嘉義人張著的驚嚇的眼睛

和你一樣憤怒地睜視
這暗無天日的青天

彷彿還在眼前，一九二六年
你用彩筆描繪的嘉義街外
受到殖民帝國的垂青
一九三三年你勾勒出來的中央噴水池
溫暖的陽光灑過金黃的土地
你的雙眼如此柔和，愛情
隨著油彩一筆一筆吻遍了嘉義

那時你一定也和嘉義人一樣
期待著殖民帝國的崩解
期待著海峽彼岸陌生的祖國

你畫布上的嘉義
還湧動噴水池的泉聲
熱切向著畫框外呼叫自由與溫馨

一九四七年，彷彿也還在眼前
你與祖國相遇，在和平鴿盤據的警察局
你得到的獎賞，是祖國熾烈的熱吻
與粗鐵線一起，綑綁你回歸祖國的身軀
沿著你從小熟悉的中山路來到嘉義驛前
面對青天，祖國用一顆子彈獎賞你的胸膛

這暗無天日的青天
和你一樣憤怒地睜視
嘉義人張著的驚嚇的眼睛

日正當中的嘉義驛前
你倒下來時天都暗了

注：陳澄波（一八九五—一九四七），嘉義人，台灣傑出畫家，一九二六年以畫作「嘉義街外」入選日本第七屆「帝國美展」，成為台灣首位以西畫入選官展的畫家，從此揚名台灣畫壇，他的畫作多以嘉義為題材，洋溢出日治時期台灣素民生活與風土的純樸溫暖色調。
一九四七年二二八事件爆發後，陳澄波以嘉義市參議員身分被推為六名和談代表之一，竟為軍方逮捕，而於三月二十五日上午遭軍方以粗鐵線綑綁身軀，遊街示眾之後，在嘉義火車站前槍斃，家屬猶不獲准收屍，曝身街頭，蚊蠅不去。其後運回家中屍身遺照，現仍存世。陳氏仰躺草蓆之上，子彈貫胸而過，鮮血飛濺，雙目圓睜。
一生執著美、善與和平的畫家，最後用他的鮮血畫下了台灣與祖國相遇的悲哀。

Like

20120305

驚蟄念老友

今天交節氣「驚蟄」。驚蟄，古稱「啟蛰」，是二十四節氣之一。《月令七十二候集解》說：「二月節……萬物出乎震，震為雷，故曰驚蟄，是蟄蟲驚而出走矣。」每到驚蟄前後，春雷一聲，驚醒藏伏冬眠的動物；此時天氣也轉暖，進入春耕季節。天地萬物的甦醒，由此啟矣，所以「驚蟄」也稱「啟蟄」。

想到我曾以二十四節氣寫詩，其後出版了詩集《四季》；也想到與《四季》之出版有關的李蕭錕、周于棟兩位老友。

《四季》出版於一九八六年十二月（台北：漢藝色研），是我一九八五年赴美參加愛荷華大學「國際寫作計畫」的詩作結集。以今天的眼光來看，依然相當精緻。當時在畫家、書法家李蕭錕的精心擘劃之下，首版封面以牛皮紙製作，委請畫家周于棟插繪八幅彩色水墨畫，以折頁方式插頁處理。內頁二十四首詩以我的手稿印製；二十四節氣題目則是李蕭錕書法。詩、書、畫三者合於一書。就當年的出版裝幀來說，古樸高雅，可謂開風氣之先，領導了

一九八〇年代之後台灣出版品的裝幀風潮。

首版出版後一個月就絕版，由於成本過高，再版改採常態印刷，周于棟插繪也以內頁紙處理，不採插頁方式。再版印了三刷，後因漢藝轉手，此書首、再版皆成絕版。

驚蟄之夜，撫《四季》而懷念當年合作的蕭錕、于棟兩兄。祈《四季》有重刷機會，盼三人有再次攜手可能。這心念，願天上之雷也能聽見！

20120307

焚燬與重建

今天是雷震先生逝世三十三週年紀念日，上午十點半在政治大學社資中心二樓有一場「雷震紀念館暨雷震研究中心開幕儀式」，用以紀念雷震先生為台灣的民主自由奮鬥的精神。

紀念儀式係由雷震民主人權基金與政治大學合辦，紀念館暨雷震研究中心就設在政治大學校園內。從此，雷震先生的行誼和志業有了依歸之處，雷震爭民主、要自由的精神得以延續，也讓後來者可以效法雷震，繼續為台灣未竟的民主工程奮鬥。

由於擔任雷震基金諮詢委員，我被指派為這場紀念儀式的主持人，在準備主持資料的夜裡，又重新面對雷震先生的一生，找出二○○三年撰寫的博論〈意識形態、媒介與權力：《自由中國》與五○年代台灣政治變遷之研究〉，以及同年校注的雷震遺稿《新黨運動黑皮書》，重溫在威權年代力爭民主的雷震身影。

雷震先生對台灣民主發展最大的貢獻有二，一是創辦《自由中國》雜誌，以言論播灑自由主義；二是籌組「中國民主黨」，以

行動實踐民主理念。卻也因此觸怒蔣介石，遭以叛亂罪名入獄十年。他在獄中仍念念不忘於民主未竟，共寫下三萬一千四百八十頁書稿、信函，估計有六百二十九萬餘字。然而這些心血，卻於一九八八年四月三十日遭警總指揮新店監獄焚燬；雷震出獄後，已是七旬老人，以帶病之身、衰竭腦力，又重新整建回憶錄，以隱密方式送往國外，雷震逝世後才由滯美的台籍大老郭雨新先生交與雷家——這批輾轉海外的雷震回憶錄，也就是由我校注的《新黨運動黑皮書》。

夜已深了，找出警總焚燬雷震獄中回憶錄的照片，和雷震出獄後憑記憶重建的遺稿《新黨運動黑皮書》，兩相對照，對於在暗黑年代點燈的雷震先生雖覺不忍，卻倍加敬惜！

20120324

悼藝術工作者洪瑞襄

國內知名藝術工作者洪瑞襄燒炭身亡的消息傳來，令我錯愕。

洪瑞襄是日正當中的演員、是歌聲曼妙的歌手，在她的人生尚未完全展開的壯年，選擇如此寧靜的方式，告別她所熱愛的志業，多麼令人不解？是人生苦厄難過？還是藝術煎熬難捱？答案可能只有茫然的春風知道了。

我的錯愕，還因為她曾用美麗的歌聲，詮釋過我寫的幾首歌，在《渭水春風》的音樂劇中。她傳達動亂年代中陳甜的堅毅柔情，也把歌詞中的亂世之戀詮釋到極致。我在台下聽她演唱而感動，卻已經毫無機會向她親口表示我的感謝！

今天洪瑞襄的紀念專頁在臉書推出。貼出了洪瑞襄與殷正洋（分飾陳甜與蔣渭水訣別時合唱的〈夢中行過〉，《襄影回顧》）說「如今這首曲子，像是她與所有人的訣別，不忍聽，奈何！」我有同樣的感慨和不捨。

就用這首〈夢中行過〉送洪瑞襄，祈祝她在天上依舊清芳吐氣：

我佇醒來的時夢著你
我佇夢中行過你身邊
心內有話想欲佮你講
毋知安怎來開嘴
我佇醒來的時夢著你
我佇夢中行過你的身軀邊

我佇夢中行過你的身軀邊
夢見咱雙人行過的街路
熱人的風送來桂花的芳味
歌聲、笑聲和嗽聲
猶有你清芳的吐氣
我佇醒來的時夢著你

20120325

死亡與沉思

早上醒來，春陽煦暖；出門，則仍有料峭的寒意。

昨天知道藝人洪瑞襄亡故的訊息，心中猶然不捨。回書房，打開臉書，有臉友在我二〇〇九年九月二十一日貼的照片上留言，那是我與小說家袁哲生（一九六六—二〇〇四）的合照，有著我對哲生提早結束生命的痛惜。

然後，這張照片又引起了識或不識哲生的臉友們的回應，其中一位老友引用了John Donne（一五七二—一六三一）的詩**"For Whom the Bell Tolls"**（喪鐘為誰鳴響），開頭第一句是耳熟能詳的「沒有人是一座孤島」。

洪瑞襄、袁哲生，都在英年選擇以沉默的方式結束他們的生命，也沒有留下任何訊息，令朋友以及喜愛他們的人倍感錯愕、備覺難過。

生命可貴，任何一個人的亡故，都是我們的損傷——這大概是John Donne的這首詩的意旨所在吧？

這首名詩，隱涵著對生命與死亡的沉思，具有濃厚的宗教性，強調的是人與人之間的聯繫（the interconnectedness of humanity）。當一個人去世了，我們的生命也跟著減損了；但相對的，死亡可能也指向新生，要我們在死亡陰影下，繼續往前，創造新的生命。

找出原詩，試譯如下：

No man is an island, 沒有人是一座孤島，
Entire of itself. 可以自全其身。
Each is a piece of the continent, 每個人都是大陸的一個碎片，
A part of the main. 也是它主要的一個部分。
If a clod be washed away by the sea, 一片土地被海水沖刷，
Europe is the less. 歐洲就會減損。
As well as if a promontory were. 一如一塊岬角之被沖刷，

As well as if a manor of thine own 一如你自己的
Or of thine friend's were. 或你的朋友們的莊園之被沖刷。
Each man's death diminishes me, 每一個人的死亡都是我的損傷，
For I am involved in mankind. 因為我是人類的一員。
Therefore, send not to know 所以啊，不必打聽
For whom the bell tolls, 喪鐘為誰鳴響，
It tolls for thee. 它鳴響是為了你。

DKNY

20120502

驚聞詩人陳千武辭世

網路上看到聯合新聞網刊佈本土詩人陳千武病逝的新聞，頓時感到驚愕哀傷。

新聞說：「陳千武本名陳武雄，民國十一年出生，是本土國寶級詩人，在本土詩界、文化領域，都有相當重要的開創地位，有戰地詩人之稱，是『跨越語言一代』的詩人。」

千武先生一九二二年五月一日生於南投名間，辭世之日為二〇一二年四月三十日，享年九十一歲。

從書房中找出一九九五年六月二十五日攝於台中上智社教學院的一張照片，座中千武先生正暢談他的童詩創作觀。感覺他的聲音仍在耳邊。他的左手邊坐的是詩人趙天儀，右邊是詩人岩上，我忝陪末座。

千武先生是我的同鄉前輩，為人謙和，但有剛毅不屈的氣派。他一生寫作不輟，熱愛台灣，是本土詩社「笠詩社」創辦人之一，也曾擔任台灣筆會會長，對本土文學貢獻至大，對文壇後

輩不吝提攜。我與他認識，就在一九七六年他擔任台中市文英館館長不久。

前塵往事，歷歷如繪，在山村暗夜中，思慕更形鮮明。只能祝禱千武先生一路慢走了。

20121011

想起「陳姑媽」

醒來，雨，開車到深坑南一書局北編，為南一版高中國文新詩e教學攝錄教學影片。今天錄製的是陳秀喜（注）和吳晟，分別有詩〈台灣〉、〈我不和你談論〉選入高一下學期的國文課本中。

隨身攜帶了一九八五年三月詩人陳秀喜再婚的照片，這時候的陳秀喜六十五歲，再婚的對象站在她右側；左側是二二八事件時領導二七部隊的鍾逸人和當時主編自立副刊的我。這張照片是典禮後陳秀喜寄給我的，具有相當珍貴的意義，它標誌了陳秀喜晚年人生和情感的創傷。

一九二一年出生於新竹市的陳秀喜，滿月後三天就被領養，所幸養父母視她為明珠，使她擁有美麗的童年和良好的教育。一九三四年，她由新竹女子公學校畢業後，養父還聘請女家庭教師教她漢文。十五歲時她開始用日文寫詩、短歌和俳句，發表於《竹風》。一九四二年她赴上海與第一任丈夫結婚，戰後回台，開始學習中文並習作現代詩。一九六八年加入「笠詩社」，一九七一

年出版第一本中文詩集《覆葉》，並擔任「笠詩社」社長，直到一九九一年去世為止。

我與陳秀喜認識，是在她擔任「笠詩社」社長之後，大四那年，在台北醫學院北極星詩社的詩歌會上，她當時也出席，聆聽我朗誦〈阿爹的飯包〉、〈阿母的頭髮〉。沒幾天，收到她寄來我朗誦時的照片，從此結緣。

當時她住天母，我常下山去找她。這也是她婚姻亮紅燈之際，但她仍然打起精神，與我笑談詩與文學。一九七八年年初，她在天母寓所上吊自殺獲救，我去看她，她聲帶受損，還指給我看她脖子上留下的吊痕，繼續談笑風生。

我入伍後，她搬到關子嶺「笠園」，寫信要我帶方梓去看她，在笠園，她繼續談詩，唱她被譜成歌的〈美麗島〉——這一幕我迄今依然清晰記得。

一九八五年她忽然要再婚了，我參加了這場婚禮。其後，我由副刊轉入新聞編輯檯，與她的聯絡因此中斷。等得到她的訊息時，已是一紙訃聞。那是一九九一年二月的事。

算來，今年是她逝世後的第二十週年了。秋雨中，我面對鏡頭，介紹她的生平、文學成就，朗讀她的詩〈台灣〉──心裡不斷拂過她的笑容，在朗誦會上、在天母寓所、在關子嶺，以及在她的婚禮上……秋雨斜飄，走過坎坷感情、哀愁人生的陳姑媽，從來沒讓我見過她的愁容。

注：陳秀喜生前著有現代詩集《覆葉》、《樹之哀樂》、《灶》和《玉蘭花》。一九九七年，李魁賢編《陳秀喜全集》十冊，由新竹市立文化中心出版。

卷二
繫緣

20091220

水在無盡上

與詩人周夢蝶先生初識於一九七六年武昌街的詩攤，彼時我擔任華岡詩社社長，到詩攤買詩集，也以敬慕之心和周先生談話，當時他五十六歲，我二十一歲。靜默的詩人端坐市廛，讓喧譁的街聲都靜了下來。

我與周公合影，竟是三十三年後的事。這時周公八十九歲，我五十四歲，在二〇〇九年台北詩歌節的會場中山堂。周公仍如三十三年前我年輕所見，清癯瘦削，精神抖擻，而我則髮漸稀、齒漸搖，染了髮劑的髮層下一片白雪。

這使我想起周公的詩〈擺渡船上〉：

人在船上，船在水上，水在無盡上
無盡在，無盡在我剎那生滅的悲喜上

陳文發／攝影

Like

20100425
華岡校園的現代詩牆

二〇一〇年三月一日，中國文化大學校慶日，國內首面大學詩牆「華岡詩牆」在該校大恩館外牆正式推出。

詩牆是由該校駐校藝術家杜十三策劃，邀集國內三十三位詩人，將他們的詩作摘句鑄於銅版上，拼置展出。

我也應杜十三之邀，提供了作品，我從詩作〈旅途〉中摘了三行：

即使只是野菇一株
我一路突破夜黑
引你仰望第一顆啟明

詩句以銅版鑄刻，掛在校園中，頗有古樸之韻。華岡多風多雨，這些詩句在風雨中會被看到嗎？只要有一個人看到，走出時能

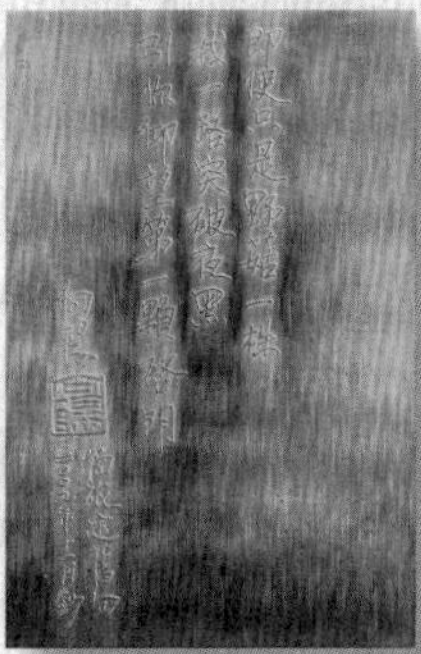

迎風逆雨，腳步堅毅，也就夠了。

二〇一二年三月二日補注：圖為前年三月一日，中國文化大學校慶日，「華岡詩牆」推出時，我的詩作。

兩年後的此時，文化大學五十周年校慶，此詩被很多臉友按讚，好像又復活了。遺憾的是，策劃這面詩牆的詩人杜十三已不在人世。

Like

20100515
睡不著的詩被唱出來

第二十一屆金曲獎傳統暨藝術音樂類入圍名單於五月五日公布，我寫的台語詩〈世界恬靜落來的時〉因為被音樂家譜成曲子而入圍「最佳作詞人獎」，同時入圍的尚有王安祈〈青塚前的對話〉、路寒袖〈阿媽的白頭鬃〉、陳黎〈雪上足印〉和楊忠衡〈夾在書頁的信〉。

這首詩寫於一九九八年，二〇〇八年應聲樂家席慕德教授之邀，提供給聲樂家協會延聘作曲家作曲、聲樂家歌唱，以「你的歌我來唱系列六——我們的詩人，我們的歌」為名，於當年四月二十九日在國家演奏廳演出。我與詩人陳黎、陳義芝並上場朗讀被譜成曲的詩作。

〈世界恬靜落來的時〉在那次演出中，很特別地以兩種曲子發表，其一由潘皇龍教授譜曲，另一由陳瓊瑜教授譜曲。一詞兩曲，各有特色，同場演出，表現兩位傑出作曲家相異的曲風，和對拙作不同的詮釋，讓我相當感動。

當晚的演出，於去年十月由聲樂家協會以《你的歌我來唱（3）——當代中文藝術歌曲集》【附CD】（席慕德編，台北：世界文物）出版。收入了樂曲創作概念、詩作解說、完整樂譜。CD則收錄十六首歌曲首演實況，以及詩人朗誦的錄音。

我寫詩時沒想到會被音樂家譜曲，沒有想到會以藝術歌曲方式在國家音樂廳演出，當然更想不到會入圍金曲獎最佳作詞人獎。只能說，這是因緣湊合，讓一首睡不著的詩被唱了出來。

20100702

詩是沉默的聲音

我的學生崇軒和衽樑分別來告知，今年大學指考國文科試題使用我的詩作〈額紋——給媽媽〉入題，我連結大考中心的網站，國文考卷閱讀選擇題中果然有此詩作。

這是我的詩作第三次被選入全國性的大考國文卷中，前兩次是在國中基測，二〇〇六年選入〈制服〉、二〇〇九年選入〈明鑑——詠日月潭〉。

作為一個寫詩的人，詩作進入考題，喜憂參半。喜者，作品因此能被更多人閱讀；憂者，希望不致因為詩作難解，影響考生前途。

詩是沉默的聲音，即使在最喧囂的街衢，也沉默如雷。對於詩作被選入考題，我內心充滿感謝。

向陽的母親(右)、二姨媽(左)、六姨媽(中站者)。

Like

20100811
重回小學堂

寫於二〇〇二年的童詩〈臺灣的孩子〉收入翰林版國民小學六上國語課本。日前接到出版社寄來剛出爐的課本、教師手冊和習作，打開課本，好像回到小學年代，打開書頁、嗅聞墨香那般，童年光陰忽焉溜進窗內，停駐眼前。

閱讀課文，回想我十二歲小六就讀廣興國小的種種，居然有時光重返的錯覺：坐在小學課室中讀書，窗外蟬聲鳴起，鳳凰花開，即將告別小學生活，迎向另一程旅途。那個小學生，四十四年後已是「半百老翁」了。

這是我的詩首次被收入國小國語課本中，和我其他已被收入國中國文課、高中國文課的詩連結起來，在課堂中被年輕的孩童、學子閱讀。這是我的榮幸，我得感謝選錄拙作的各版本編審委員，讓一個詩集銷路平平的寫詩人能和眾多的國中小學生分享詩的喜悅。

無獨有偶，剛剛收到康軒出版社編輯來函，謂康軒版國小六下國語將收入我寫的一篇小散文〈山村車輒寮〉，已經通過國立編譯館第一次審查。這也算是一項喜訊——我多麼盼望，我用台語寫的《鏡內底的囡仔》能有詩作被選入國民小學國語課本之中，這樣的夢，不知何時能夠實現？

把詩貼在下方，感覺重回小學堂，一九六〇年代的風吹著，在那個不知道淡水河、濁水溪、高屏溪河在的年代：

臺灣的孩子
在淡水河邊歌唱
海峽的風拂動他們的衣裳
為他們打造的城市正逐漸茁壯
湛藍的天空俯瞰他們細小的足跡
美麗的世界等待他們開創

臺灣的孩子
在濁水溪旁歌唱
高聳的中央山脈含笑聆聽他們瞭亮的嗓
劃破天際，風一般吹過田舍與農莊
滿天的星星偷偷記下他們睡前的希望
醒來張眼就看到燦爛的陽光

臺灣的孩子
在高屏溪上歌唱
亮麗的平原翻動著稻穗的金黃
黝黑的肌膚在椰子樹下發出光亮
大海伸出雙手擁他們於壯闊的胸膛
乘風破浪，他們寫下臺灣的夢想

20101223

為台灣文學發聲

接到新聞局寄來《第四屆數位出版金鼎獎專刊》（台北：新聞局，二〇一〇），智慧藏公司出版的《臺灣經典文學電子書》獲得「最佳人文藝術類獎」。

這部電子書改編自遠流版的《臺灣小說・青春讀本》（許俊雅編），收錄了賴和、楊逵、鍾理和、鍾肇政、黃春明、吳濁流、張文環、呂赫若、鄭清文、王禎和等十位作家的短篇小說。

幾年前，遠流公司邀請我為這套叢書擔任內文朗讀者，約有十天，連著在濟南路的錄音公司錄音，用聲音來詮釋小說。寫詩的我，試著用廣播劇的口白，朗讀小說家寫的小說。

這對我是個全新的經驗，我自年輕時開始朗讀台語詩，已不計其數，朗讀小說則是初次嘗試。小說有情節，有對話，有情境，都必須拿捏。

大約每週進錄音室一次，每次錄一位小說家的小說，約花一、兩個小時。就這樣錄完音，由遠流的子公司「智慧藏」製成了電子書，而我也意外地成為電子書的聲音作者。

更意外的是，這部不易「看」到的電子書得了金鼎獎。獲獎理由說這部電子書「邀請到名作家向陽朗讀，國、台語交替使用，更把台灣這塊土地上多聲與多元文化，立體展現在電子書中，更增添這套圖書的生命力。」

聲音會飄散在風中，電子書保存了我年過半百的聲音，則被封存下來。我何其幸運，能為台灣傑出小說家的傑出文本擔任聲音的詮解者！

Like

20110503
美好春日，這一天

應台大圖書館採訪組編審阮紹薇之邀，今天上午十點半到台大圖書館參觀「丁貞婉．陳其茂捐贈圖書畫作暨名家手稿展」，出乎意料之外地獲得丁貞婉教授特地從台中帶來的《青春之歌》初版版本。

從丁教授手中拿到這本夢寐以求的陳其茂木刻集的那一剎，我無法掩藏自己的喜悅與感謝。前天晚上才在臉書上貼了我自己裝訂的《青春之歌》殘本，今天就從丁教授手中得到這本保存得非常完整、美好的書，扉頁上還有丁教授的親簽題贈，真是作夢也想不到的事。

同時，丁教授另贈我她所翻譯的菩達．亞琍瑪的《真善美》一書（台中：學人文化，一九八〇），這是「菩提樹」和「真善美」兩部電影取材所自。回來後拜讀書中片段，譯筆明亮流利，一如今日所見丁教授本人。

在紹薇的引導和丁教授的親自解說下，我仔細觀賞陳其茂先生的版畫、他和丁教授親製的手工書、絕版書，以及兩人與名家之間的書函往來，一方面得償對陳其茂作品的親濡之願，一方面也油然生出對他們伉儷情深的讚嘆。

我的這一天，以如此厚誼美意展開，心裡滿溢感謝與喜樂。感謝紹薇的盛意，也感謝丁老師贈我如此珍貴的好書，與她在會場相見，聽她為我介紹她與陳其茂先生藏書藏品的日常細節，談及其茂先生如何將報紙所刊圖畫精細裱貼，裝訂成冊之事，尤覺感動。總之，美好春日，這一天。

原版補全了我的殘本，殘缺的都補齊了。尤其陳其茂先生在此書〈前記〉所寫，提到他習木刻的歷程，我也曾自習木刻，頗有同感。最後一段話，陳其茂先生這樣寫：

我為寶島的青春而歌唱，我為寶島的新生蓬勃的氣象而讚美。

這是一九五三年十月十五日的文字，我當時尚未出生，讀這短句令我心撼動。

在參觀他的版畫中，又一次感受到了這樣的撼動。我看到他對台灣風土、人文的真摯喜愛。他於一九五〇年代完成的三大系列作品——「青春之歌」、「原野之春」和「天鵝湖夜色」系列，都洋溢著台灣鄉土溫馨、拙樸的感覺。

從展場版畫，從其茂先生留下的木刻版，我懷想當年他在花蓮師專教書之餘，刻繪東台灣原住民族意象的心緒——當他用雕刀在木板上一刀一刀刻下所看到的、感覺的，以及動心的圖像時，心中應該也湧動著原野和青春的召喚，而通過構圖，通過巧手，留下一九五〇年代東台灣的質樸形象。

作為一位版畫家，同時兼有人類學家似的觀察力，陳其茂先生的木刻深刻了原住民族的生命感。

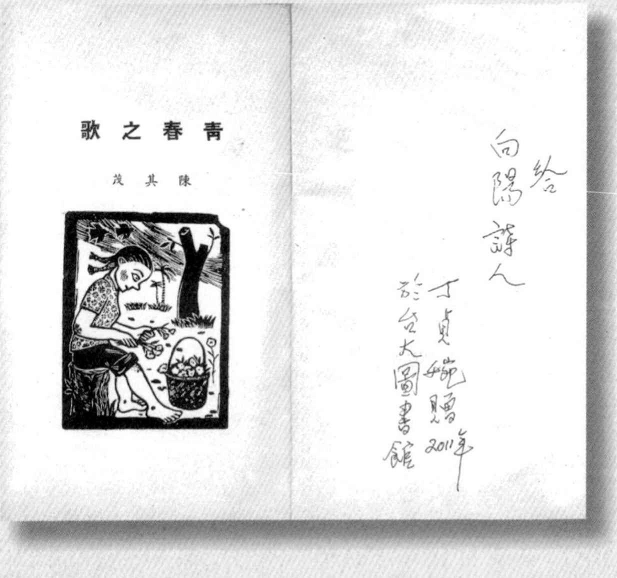
青春之歌
陳其茂
給
向陽詩人
丁貞婉贈 2011年
於台大圖書館

20111028

超越時間的詩

整理詩集，瘂弦的《深淵》（增訂本）忽然露出臉來，這是我高二時購買的晨鐘版（一九七〇年十月二十五日初版），購入時地為一九七一年一月五日，竹山。

當時我讀竹山高中。擔任竹高青年社社長兼主編，笛韻詩社社長，鎮日迷詩迷文學，看到詩集就背誦。《深淵》以迷人的韻律和語言、意象，成為我熟讀且多能背誦的詩集。瘂弦的詩風甜美又微帶苦澀，多半也來自想像的跨越，包括異國情調的滲入，使一個鄉下高中的文藝青年從中迷醉。

以一本詩集享譽詩壇，瘂弦的詩，超越了時間，一如他在〈詩人手札〉中說的：

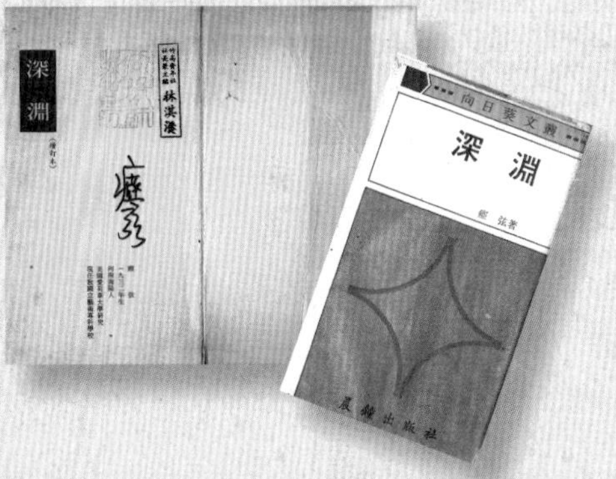

一件真正的藝術品（詩）其本身應成為一個「自足的存在」，他不需要撐持，外力的撐持……一部傑作應該「內涵到了可以自為闡明」。

20111103

咬住光陰不放

在臉書上貼了一九七〇晨鐘版《深淵》（增訂本）的書影之後，又翻到了瘂弦出版於一九五九年的《瘂弦詩抄》（香港：國際圖書公司），收詩作三十二篇。與《深淵》比較，這些詩作全數收入了，因此《深淵》算是瘂弦詩作的大成。

以詩人的第一本詩集來看，《瘂弦詩抄》已經成熟地昭告了瘂弦的位置。這薄薄一冊，紙頁已在時光的曬洗下碎裂，詩句依然咬住光陰不放。

書寫的可貴，不在讀者多寡，在穿透歲月的力道。

送我這本詩集的，是兒童文學家、詩人謝武彰，於一九八五年六月。

瘂弦詩抄
香港國際圖書公司出版

20111104

ㄎㄨㄤ ㄎㄨㄤ先生

二〇一一年太平洋詩歌節從今天—六日在花蓮松園別館舉辦。我與詩人汪啟疆（左）被排在第一場（下午兩點半—四點十分），主題是「親近生活，親近詩人」。

在秋陽下，秋風中，在一群愛好詩的朋友和學生之前，我們談詩、談生活，也分別朗讀了各自的詩，這些詩在風中傳送，如花粉一般，可能墜泥、可能被傳送到另一個花蕊上，但也可能被送到無名之處。

我朗讀了〈秋辭〉、〈一首被撕裂的詩〉、〈遺忘〉、〈寫佇土地的心肝頂〉以及〈咬舌詩〉等五首詩作。有新有舊，〈咬舌詩〉最受感動吧，緣於其中華語、台語混雜的趣味性，以及略帶饒舌歌的節奏感。在場的慈濟、東華大學、海星國中生都笑了開來。

〈一首被撕裂的詩〉有相當多的「□□」（ㄎㄨㄤ ㄎㄨㄤ），朗讀後，與會的德國漢學家顧彬教授改口叫我「ㄎㄨㄤ ㄎㄨㄤ先生」。

20111115

一輩子做一件事

下午到國賓飯店，擔任第三十四屆吳三連獎頒獎典禮司儀。

今年的得獎人分別是文學獎新詩類趙天儀、戲劇劇本類李國修、藝術獎西畫類鐘有輝、水墨畫類吳繼濤。四位得獎人年齡有老有壯，但共同的特質是，都有著堅定的毅力，持續航行，不受風浪阻嚇、不被雷雨擊倒，不因一時的失敗而喪氣——用李國修引述其尊翁的話說，一個人「一輩子做一件事就夠了」。

三十四年來，吳三連獎總計獎掖了一百二十三位台灣文化界精英，每一位都有這種追求夢想、奮勵不懈的人格特質。

我在會場上，用台語宣讀四位得獎人的獲獎評定書時，深深受到這種精神的感動。

三十四年來，吳三連獎基金會董事長一直是陳奇祿先生，今年已經八十八歲的他，從第一屆至今，每屆頒獎典禮從未缺席；每次董事會，只要身體硬朗，也必定親臨主持。在這位台灣文化界耆老身上，我一樣看到堅持以之的精神。

算一算，我從一九八二年接任自立晚報副刊主編後，就參與基金會工作，從會場招待、編輯年報，到其後受命擔任董事兼副祕書長，至今也已將近三十年，從氣宇昂揚到老態漸露，繼續服務而不覺疲累。或許也是受到這些懷抱夢想前進的典範者的鼓舞所致吧。

Like

20111121

愛被傳遞，涓涓不壅

北一女陳美桂老師因為看到我在聯副發表的〈在災難中站起來〉，在她的臉書貼了一篇短文，以及一組貼圖。提及九二一地震後，她帶領高二善班的學生閱讀我在自由副刊發表的詩〈黑暗沉落下來〉，國文課上，「噙著淚的女孩們，艱難地一個字一個字讀著這首詩。」

隨後學生們製作感謝卡寄給自由副刊，想不到這卡片不但被登出來了，還接到當時該刊的主編許悔之、副主編方梓和編輯們親筆簽名的信。陳老師的短文提到：

那種對待女孩們的鄭重，至今仍感到一股溫熱，一股力量，那是個又悲傷又美好的年代呀，彼此的心意就這麼簡單地匯流起來！

在陳老師的短文中，我看到了一個老師在集體的災難之後，如何以詩撫慰悲傷的學生，引領學生走出傷痛，向社會傳達她們真誠的愛與關心；我也看到一個副刊在震災之後，對待讀者來稿的敬謹和柔軟。

當年北一女高二善班的女孩，現在已經三十而立了。我相信她們一定還記得九二一那年的這一則故事：帶領她們讀詩的陳老師，以及親筆回信給她們自由副刊編輯群。

善被記載，愛被傳遞，涓涓不壅，綿綿不息——在陳美桂老師的短文與貼圖之中……。

20111127
詩是石頭嗎？

寫完年輕詩人楊寒詩集《我的心事不容許你參與》序文，傳出給他，有解放之感。

楊寒是台灣「六年級」詩人，著有《巫師的樂章》、《與詩對望》等詩集，他就讀東華大學中文碩士班時開始發表詩作，表現了異於同年代青年詩人的強烈個人特質：一種兼具熱情與冷靜的思辯傾向，以及微帶憂鬱、沉思的內在性思維。

由於他喜歡現象學，我讀他的詩，也就借用現象學大師胡塞爾（E. Husserl, 1一八五九—一九三八）的現象學概念作為操作工具。一口氣寫了四千字，結論如下：

> 詩是石頭嗎？詩是石頭。詩是表面可見的石頭，也是側面與背面不可見的石頭，《我的心事不容許你參與》，在說與不

說之間、在顯現與不顯現之間、在公開與私密之間、在同一與差異之間，已經透過當下時間的捕捉，將詩作為現象，以及現象作為詩的多重樣態表現得淋漓透徹。

20111129
如琴弦之撥動

應台南中華醫事科技大學王靖婷老師之邀，擔任「卓越大師通識系列講座」講師，今天下午到該校「亂唸詩」。

會議廳中坐滿了學生，面對著這群年輕的孩子們，我先簡略地回憶了我十三歲時因為誤讀《離騷》，在背誦、抄寫之後依然不解，而「發憤」（真的有點氣憤）要當詩人，「寫讓將來的十三歲孩童也讀不懂的詩的詩人」；其後狂熱追求，堅持不懈，在大學畢業那年出版了第一本詩集《銀杏的仰望》，初步達成十三歲心願的故事。

我也提到，大三那年，我準備發表詩作前，先問自己為甚麼寫詩？要寫甚麼樣的詩？最後決定以「台語詩」和「十行詩」為創作的雙軸，前者在當年被視為「沒水準、不入流」，後者被認為「走回頭路」，都屬非主流書寫——我選擇這條冷僻的路，因為我要追求自己的聲音，建立自己的特色，儘管我也可以追隨主流。

希望這些非文學科系的年輕孩子聽得懂我的話，在他們年輕的歲月中，最可貴的就是要能找到自己的夢想，發自己的聲音，並且為了這堅持不懈。

我也為他們朗讀我的詩作，從〈阿爹的飯包〉到〈咬舌詩〉，大概唸了六首左右，他們的反應熱烈，跟隨著詩作的內容沉思、大笑、尖叫……。他們讓我知道他們的感動，因而也感動了我。

詩在朗讀與聆聽之中，如琴弦之撥動，如流水之漩澴。這是一個美麗的下午。

Like

20111203

用詩詮釋世界

在東京的林水福教授臉書留言，告知我日本第三大報《每日新聞》刊出了山口守（Yamaguchi Mamoru）教授(注)向日本讀者介紹我的專文。上網一查，該文已經PO上網。

在「新世紀・世界文學ナビ」的專欄中，山口守教授以〈世界を解釈する精神の言葉〉（詮釋世界的精神語言）為題，介紹我的台語詩〈阿爹的飯包〉的抒情性（心の詩）之外，還指出我寫了不少「理念型の詩」，他舉的例子是我寫美國九一一事件的〈戰歌〉，認為其中具有普世精神的關注。

感謝山口守教授的專文，他在先前給我的信中說：「在日本國內推動對台灣文學的進一步認識。我認為作為研究台灣文學的本人也應該盡一點力氣。」讓我格外感動。

注：山口守教授，現為日本大學文理學部中國語中國文化學科教授、日本台灣學會理事長。

新世紀

世界文学ナビ

＜ナビゲーター＞ 山口 守

台湾編⑨ 向陽

共に現在アメリカ在住の台湾詩壇の詩人だが、楊牧は「詩は大きな悲しみからくるのだろうか」（『奇萊前書』所収、2007年、思潮社）と自問し、張錯は「もう悲しみの詩は書かない」（『遥望の歌』所収「春望」、06年、同）と宣言する。一見反対の志向のようだが、実は二人とも同じことを意識しているように思う。それは詩が心から生まれることだ。

世界を解釈する精神の言葉

向陽（1955年生まれ）は、07年台湾の小学校教科書に収録された「父さんの弁当」のイメージがあるので、郷土台湾の生活に根差した抒情詩人の印象が強い。この詩は、朝暗いうちから砂利運びの仕事に出かける父親の弁当に、無邪気な興味をもった息子の心の言葉を綴る。＜ある日の朝／空がまだ真っ暗なとき／ぼくはこっそり／台所に入り／父さんの弁当をあける／ゆで卵半分も入っていない／野菜が三つと／芋入り飯だ＞と呟く言葉から、貧しい暮らしの中でもいたわり合う親子の、温かな情愛を感じさせる詩である。

だがこうした心の詩を書く一方で、向陽は理念型の詩も書く。＜永遠の絶望という希望からくる喜び／廃墟の前で低い声で歌う人がいる／戦争はどのみち死亡で終わるから／平和も結局は必ず夜色に覆われてしまう＞（『乱』所収「戦いの歌」、09年、同）と語る時、彼の詩は外界に向けた精神の言葉にもなる。

台湾現代詩は50年代以降、伝統を継承するか、世界と繋がるかを巡って様々な実践が行われるが、理念や形式はともかく、そこに生きる者の心を紡ぎ出し、世界を解釈する精神の言葉となる点は共通している。それが時代や社会を超えて、読む者、聞く者の心に届く台湾現代詩の魅力でもある。

こうした台湾の詩の伝統は、古典漢詩や現代白話詩ばかりでなく、日本の植民地統治が終わった45年以降の日本語詩にも見られる。90年代に日本でも話題となった『台湾万葉集』（94年、集英社）に、＜日本語の／すでに滅びし／国に住み／短歌詠み継げる／人や幾人＞という短歌がある。過酷な植民地時代が終わってもなお、旧帝国の言語を使用して、自分の心や精神を詠む人々が台湾に存在しているのである。それを知ることは、＜日本語で教育を受けた世代全員が、植民地の最後の記憶、言語、詩歌をあの世に持っていってしまうまで、ポストコロニアルの時代は真には始まらない＞（フェイ・阮・クリーマン『大日本帝国のクレオール』07年、慶応義塾大学出版会）という言葉の重さを、いま一度深く考える契機となるだろう。

（日本大文理学部教授）

＜作家本人から＞

「向陽」の呼び声

1960年、まだ小学校へ上がる前、両親が家の壁にチョークで仮名を書いて「アイウエオ」を教えてくれました。それは台湾の銘茶、凍頂烏龍茶を産する台湾中部の日月譚に近い山村でのことでした。これが私の不思議な日本経験の始まりです。

それ以降、多くの日本を経験しました。中学在学中の68年に川端康成がノーベル賞を受賞し、『雪国』などの作品に魅了されました。後に三島由紀夫の『金閣寺』を読み、手放せなくなりました。そうしたことで日本文学を読むようになりました。

60年から2011年まで経験した日本によって、まるでもうひとつの故郷であるかような親近感を日本に覚えます。子ども時代から今日に至るまで、絹織物のように細密な美しい経験をしてきました。高校時代から「向陽（陽に向く）」というペンネームを使っていますが、それはあの親しみのこもった呼び声の隠喩なのだと思います。

＝「経済への視点」は来月、休載します

20121207

大雪與黃韻玲

詩人李長青又寫信來，提醒我十二月七日又逢節氣「大雪」，他在靜宜台文系教現代詩，要跟學生一起讀我的詩〈大雪〉了。

收到這樣的信，感念這樣的情誼。天氣再冷，也變得溫暖了。

〈大雪〉寫於一九八六年，表面上寫的是一九八五年冬在美國所見雪景，實則寫的是當年被政府列為「黑名單」，有家歸不得的台灣民主運動者的心境。

這首詩其後曾被歌手黃韻玲譜成曲子演唱，收入《黃韻玲的黃韻玲》專輯中。黃韻玲是一位優秀的歌手，她能注意到這首詩，就顯現了她與當年一般歌手不一樣的敏銳和素養。現代詩難譜難唱，黃韻玲卻能透過她的音樂，準確地詮釋詩中的孤寂感，這是令我感佩的；異於流行歌曲的詮釋方式，她在唱這首〈大雪〉時，還添加了讀誦，我聽著她的唸讀，真有飄雪的淒零。放在愛情中，或者放在政治中，都別有韻味。

找出二〇一〇年二月全家赴北海道旅行的照片，挑選其中一張劭璚拍的照片，將〈大雪〉一詩置於其上，做成明信片，與你分享。

一棵小樹在雪中
流淚。一棟屋子
在雪中流盪。一
扇窗子在雪中流
散。一把椅子在
雪中流離。一片
田野在雪中流浪
。一道河川在雪
中流失。一個人
在雪中，流血。

雪在一棵小樹旁流淚。雪在一棟屋子前流盪。雪在一扇窗子前流散。雪在一把椅子下流離。雪在一片田野裡流浪。雪在一道河川內流失。雪在一個人心上流血。

大雪

詩／向　陽
圖／林劭璠

旁棟雪流椅在浪川一。
樹一。前把雪流河在血
小在盪子一。裡道雪流
棵雪流窗在離野一。上
一。前扇雪流田在失心
在淚子一。下片雪流人
雪流屋在散子一。內個

中子一流在片浪雪人。
雪屋。中子一流在個血
在棟盪雪椅。中川一流
樹一流在把離雪河。，
小。中子一流在道失中
棵淚雪窗。中野一流雪
一流在扇散雪田。中在

2010年12月・日本北海道

20120210

臉書文字奇緣

晚上撰寫《文訊》專欄〈手稿的故事〉第十篇，準備寫我與《五四運動史》作者周策縱教授（一九一六—二〇〇七）的一段詩的因緣。

下午翻箱倒櫃，找出了一九八五年十月夜宿威斯康辛周策縱先生宅邸「棄園」時，他親手題贈的墨寶，雖然周公已逝，卻有重逢故人的喜悅。

這幅墨寶上，周公親筆寫了這首詩：

> 日月無情競走丸，天風一夕詔春殘；
> 去年落葉今慵掃，留與新榮綠樹看。

詩以行草書成，書寫之際，我在周公身旁觀看，並聆聽他的解說。時隔二十七年後已經不復記憶，我將墨寶掃描貼到臉書，首

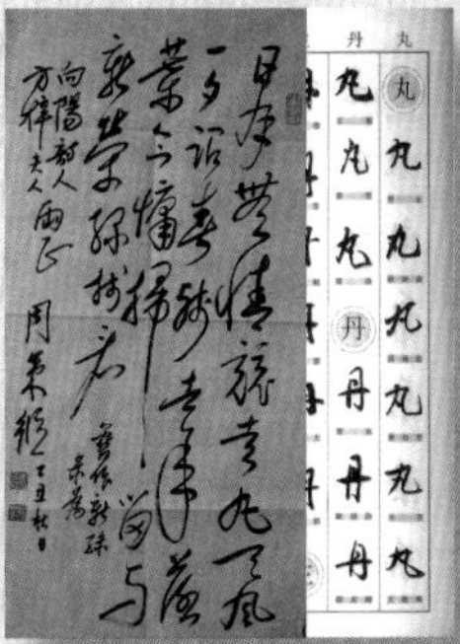

貼時將第一句誤為「日月無情競走飛，天風一夕詔春轉」；貼出後臉友太朴先生貼文，指此句應為「日月無情競走丸，天風一夕詔春殘」。太朴先生在臉書上有不少精彩草書貼圖，我看到後立刻歡喜改正，並且感謝太朴先生。

不久，另一臉友陳世憲先生也來貼文，他是書法家，曾為我的詩作〈禁〉於報禁解除紀念活動中當場揮毫。他針對「日月無情競走丸」的「丸」字，指出「文字字形本身應是『凡』，因為點在右，不在左，豎撇出頭短。如果是『丸』會出頭篤定且長」。

兩位書法家對於「丸」或「凡」的看法不同，我也難解，回覆留言時乃希望各方幫忙解答。

七小時後，中興大學台文所廖振富教授來我臉書留言：「走丸指滾動的珠子，時光消逝之快，如滾動之珠，字形也是走丸無誤」，又說「走丸是古語，有典故可查」。

真是太感謝了。臉書傳遞知識、交流見解的功能，在這個討論過程中充分發揮。廖教授長年研究古典文學，著述甚豐，卓有成就。他的看法已可說是定論了。

其後，想想自己也該用點功。於是從書房中找出一本《行書實用字典》（上海：上海辭書出版社，二〇一〇），果然找到「丸」字的九種寫法，均為古代書家字體，有歐陽詢、黃庭堅、文徵明、王寵、徐渭等名家寫法。比對之下，周公所寫稍近王寵體。從書法上，此字是「丸」確可確定矣。

繼而又想，廖教授提醒我「走丸」有典故，我也找出典故吧。翻找書架上的古籍，終於在《漢書・蒯通傳》找到「走丸」出處。原文如下：

為君計者，莫若以黃屋朱輪迎范陽令，使馳騖於燕趙之郊，則邊城皆將相告曰「范陽令先下而身富貴」，必相率而降，猶如阪上走丸也。

書上有顏師古注：「言乘勢便易」。用「走丸」比喻事勢發展快速，或如周公「日月無情競走丸」句，比喻歲月（日月）如走丸快速消失，都通。

這是歡喜充實的一天。太朴、世憲、振富三位朋友的相幫，展現了臉書除了交誼之外的文字奇緣。

友多聞，此之謂也。

20120220

一個年輕詩人的夢

一九九四年九月，我獲詩人林亨泰持贈一本珍貴的詩集《靈魂の產聲》，詩以日文寫成，表現了青年詩人林亨泰的浪漫、抒情與夢想。

林亨泰寫作跨越日文、華文，是台灣「跨越語言的一代」之重要詩人。他在戰後出發，一九四七年加入「銀鈴會」，開始發表日文詩作，而於一九四九年出版這本日文詩集，收入詩作三十七首，列為銀鈴會刊「潮流叢書」之一。這本詩集，樸實單薄，僅六十頁，在台灣新詩發展史上卻具有重大意義，她標誌了台灣新詩由日文書寫轉向華文書寫的界碑，台灣作家跨越兩種語文的轉折點。

出版此書之前，一九四八年，林亨泰同時嘗試華文新詩創作，多見於《新生報・橋副刊》，其後愈見成熟。一九五六年紀弦成立現代派，林亨泰已成為現代詩創作和現代主義理論健將；一九六四年，他參與了本土詩社「笠詩社」的創立，並且主編《笠詩刊》（也是詩刊命名者）。

從日文書寫的「銀鈴會」，而提倡前衛詩風的「現代派」，到主張本土寫實的「笠詩社」——林亨泰的詩路歷程，也表徵了二十世紀台灣新詩發展的縮影。

試著翻譯詩集中的小詩〈夢〉如下：

有夢就繼續做到底吧！
可憐的人可不能沒有夢啊。
……夢是苦、夢是空
但，正因為苦，因為空
所以啊！有夢就繼續做到底吧！
可憐的人可不能沒有夢啊。

Like

20120229

小茶行開啟的夢

今天下午從暖暖到彰化師範大學國文系演講，給學校的講題是「詩人大夢」，但後來我臨時起意，改題目為「騷／亂：我的後殖民書寫」，從十三歲因為接觸《離騷》，「發誓」當詩人開始，談到中年在自立晚報工作階段，因為媒體關係，自注從威權到民主的台灣轉型社會所寫的詩集《亂》，同時朗讀了四首較常被討論的詩：〈立場〉、〈阿爹的飯包〉、〈發現□□〉與〈咬舌詩〉。

彰師大國文系的學生相當熱情，全場笑聲不斷，從他們的笑容中，我知道我沒有浪費他們的時間；但我希望他們了解，一個閉鎖的山村孩童生發夢想、堅持信念、懷抱希望，並且持續不斷追逐大夢的過程，就是做一件自己喜歡做、想要做的事的過程。

昨夜為了這場演講製作PPT，到今晨四點左右完成，其中放了一張老相片，是一九六一年左右父母親開設的「凍頂茶行」（兼賣文具書籍）。

我從國小三年級在這充滿茶香、書香的店鋪／住家中開始閱讀之旅，從《東周列國誌》、《水滸傳》看到瓊瑤的《窗外》、金杏枝的《一樹梨花壓海棠》、禹其民《籃球情人夢》，從羅曼．羅蘭的《約翰．克利斯多夫》讀到朱自清、徐志摩，最後連《情書尺牘》、《珠算學習》、《三民主義》、《六法全書》也不放過；雜誌則從《皇冠》、《作品》、《文壇》、《學生科學》看到《今日世界》、《文星》、《文化旗》……，無所不讀。直到國中把這一壁的書讀完為止。我家老二詩人林彧、老三柏維（台灣史學者）、么妹芬櫻，也都是在這飄溢茶香書香的茶行中成長的。

這家茶行，是我出生的所在，也是我走向文學路途的啟蒙點。南投縣鹿谷鄉廣興村中正路十六號。如今舊居已不在，留下這張老照片，把我的童年歲月和文學夢想全都包裹於其內……。

20120305

歲月如貓的腳跡

睡前看到舍弟林彧在臉書上標籤了我和他幼年時的合照，並附詩作：

阿兄長我一年半，
總角依稀今髮亂，
夜來悵憶兒時節，
天光喜見日暖暖。

這張照片上的我，當年五歲吧，林彧四歲，兄弟倆站在一起，弟弟傻多了。

一時興起，找出二〇一〇年十一月十日在北教大百年古蹟前拍的照片，將兩張人頭依比例剪裁合併於一。

左邊是五十五歲的我，右邊是五歲的我——

半世紀過去，這對照圖中，似乎也看得到歲月如貓的腳跡啊！

Like

20120309
幽靈書房復活

今晚氣氛有點詭異，我臉書上貼於二〇〇九年十月四日的書房照片突然復活了。

首先是年輕詩人崔舜華，不知哪根筋弄錯了，跑來點了這張舊照片，評點為「讀書人的天堂！」；接著，是在國小教書的臉友Wuang Ting點了我臉書上的「書房向陽」，留了這段話：

向陽老師，您好，我是國小老師，在教導學生時，與孩子們分享你FB的書房相本，發現您的書好多好多。小朋友想請問您：1.請問您有幾個書房？2.請問您幾歲了？

然後，這事實上已經不再如原貌的幽靈書房就復活了。一堆臉友紛紛來按讚、留話，似乎想為這座書房報仇似的……

書房，是每一個寫作者都擁有的夢，並不難達成，只要環境許可的話，挪出一個房間，擺放書架書桌，將愛藏愛讀的書加以歸位就可以了。

我比較幸運，國民小學時家中就開書店，擁有充分的閱讀空間，因為讀書而開始藏書。後來父母親在舊家後加蓋了一個房間，充作我兄弟們的書房，我用磚頭疊放腳架，再用木板一層層上疊，這就成了簡陋的書架，把喜歡的書擺置其上，成了我的第一個書房（如今已不在了）。

上高中後，父母親在溪頭購地蓋屋，一樓開店賣茶葉、山產，名曰「正大茶行」，我住三樓，就在三樓面窗處有了第二個書房。這個書房的書架是我自己設計後，請木工師傅根據設計圖釘製而成。書架佔一整面牆，由地到天，中為等分四方框，採四邊輻射方式規劃書架，如陽光之照射。書房門上有匾曰：「向陽書房」。這是我的第二個書房，如今仍在溪頭。

我的第三個書房，則在台北南京東路五段（今東興路）巷內，是我退伍北上工作後，母親為我購屋，四房兩廳，我把其中東向的邊間規劃為書房，三壁書架，其中兩壁係初建時請木工師傅釘製；另一壁則是舍弟柏維欽來台北書房內訂製而成。三壁書架都飾以黑色紋皮，我的藏書居於其中，煞是壯觀。我在台北從退伍到移居暖暖約住有二十年，這書房書物滿溢，到後來連地板上都堆疊書物，只容側身。

被挖出的「幽靈書房」照片，就是我在台北書房工作時攝影家謝三泰所拍。照片中的我坐在書桌前，一副自得其樂的模樣。後來女兒長大了，我們夫妻把台北的房子讓給孩子住，這書房也經過改裝，雖仍然是我的書房，但已原貌不再，故以「幽靈書房」稱此照片。

我的第四個書房，是我現居暖暖的書房。位於五樓，經過兩次擴充，共四壁書牆，也是架上站滿群書，地上臥有書物。

我在北教大的研究室如果也算我的書房，那就是第五個書房了。這研究室不大，只能擺放兩個鋁製書櫥，書櫥中或站或臥的是書，書櫥旁的地上，目前也堆放了好幾疊書物……。

這算是我的書房，謹此敬答Wuang Ting老師的小學童。^o^

謝三泰／攝影

20120329

藤井省三：海角七號VS.青衣女鬼

今天下午，東京大學文學部教授藤井省三來台文所演講，講題是《海角七號》與西川滿的戰後小說《青衣女鬼》，到有台文所及外校研究生約三十二人，台文所所長何義麟、應鳳凰也來參加。

這是在我的課「台灣文學思潮史」的講座，因此由我主持。我推崇藤井老師治學之精、之勤，他是國際漢學界的權威之一、魯迅研究專家、日本台灣文學研究的重鎮，同時也是推動台灣文學日譯的推手。對台灣文學的研究與推展，貢獻甚大。我舉手指著PPT簡報，告訴學生們：簡報是藤井教授親手製作的，足見他的謹慎和認真。

藤井教授先從電影《海角七號》談起。他談《海角七號》的內在結構，對於電影中的符號有精闢的分析，他談「台灣恆春海角七番地」的命名、歷史脈絡，以及片中台日戀情的童話結構，都相當精采；接著他談西川滿在日治時期扮演的角色及其矛盾（台灣傳統文化的肯定者／日本皇民文學的領導者），介紹戰後西川回日本開

始展開的小說《神神の祭典》、《青衣女鬼》等小說中主人公對台灣宗教習俗的堅持和對台灣尊嚴的維護。他指出，西川滿對於自己在日治時期推動皇民文學是作過自我檢討的，而對於台灣文化的喜愛則從未改變。

《海角七號》和《青衣女鬼》都是一種歷史記憶。藤井教授將兩者加以聯結，正如同他在演講結語時所說：「歷史的記憶不一定是簡單的事件經驗的記述。歷史的記憶有時候讓我們超過六十年的時間和空間，而深深地認識過去和現在。」我深深贊同他的看法。

Like

20120331

文學作為一種志業

上午到紀州庵文學森林二樓參加由國立台灣文學館主辦，財團法人台灣文學發展基金會承辦的「台灣現當代作家研究資料彙編（第二階段）」新書發表會。現場展示了《研究資料彙編》第二階段十二冊的成果，十二位文壇重要作家的珍貴照片與手稿，映入眼簾，文學作為一種志業，標誌了這一群星星一樣的作家共同的神采。

台灣現當代作家研究資料彙編第一批十五本於去年出版，收入的作家有賴和、吳濁流、梁實秋、楊逵、楊熾昌、張文環、龍瑛宗、覃子豪、紀弦、呂赫若、鍾理和、琦君、林海音、鍾肇政、葉石濤；今年編纂的是張我軍、潘人木、周夢蝶、柏楊、陳千武、姚一葦、林亨泰、聶華苓、朱西甯、楊喚、鄭清文、李喬等。合計前後二批，已完成二十七個前輩作家的研究資料彙編。

我應主辦單位邀請，擔任此一彙編的顧問，第一階段編了《楊熾昌卷》，這階段則編《柏楊卷》，對於文訊工作小組的認真、奉獻，特別感動。封德屏領導的工作小組投注心力於彙編，甚至為此連著三天三夜以辦公室為家，焚膏繼晷，只為了盡善盡美，無負於工作、無負於文壇前輩。這種精神，也是以文學為志業的具現。

一群傻子一輩子做一樁傻事：有人傻傻地寫，有人傻傻地編，也有人傻傻地研究，傻傻地閱讀；而且還一代接一代，傻下去，不知悔改——這就是志業！

Like

20120506

小說家方梓的先生

昨天下午，方梓小說《來去花蓮港》分享會在花蓮松園舉辦。花蓮是方梓的故鄉，方梓的爸媽、家人都到了；文化局長、花蓮市長、吉安鄉長和立委蕭美琴也來了；現場送書三十本不夠用，會後追加訂書就多達兩百五十本——能在故鄉舉辦新書發表會的作家真幸福啊！

主辦的聯合文學相當慎重，把會場布置得很有氣氛，會場準備了三十本書，美味的點心，讓人有溫馨的感覺。

重頭戲在兩位與談人：東華大學教授楊翠、清華大學教授王鈺婷的導讀與分析。兩位都是對女性主義及書寫卓有研究的學者，又都是文采斐然的作家，她們對《來去花蓮港》的解讀，深刻細膩，點出了女性生命史和國族敘事之間幽微的差異，讓我獲益甚多。

會場中也來了幾位學者，東華大學魏貽君、清華大學陳建忠、台中教育大學楊允言。他們的出現，使這場分享會添了光彩。

我以家屬身分參加，負責拍照，被點名致詞時說：

過去別人稱方梓時，說她是「詩人向陽的太太」；從今以後可改口叫我「小說家方梓的先生」了。

20120517

報之以藏書票

明道文教基金會執行長淩健兄今日來信，提醒我週六下午我要到台中市去演講。這是「世界書香日在台中」的活動之一，我答應以自己的寫作心路為內容發表演講，講題訂為〈十三歲的詩人大夢〉，講完後也朗讀我的詩作，與聽眾分享。

過去講就講了，沒有多想些甚麼。剛好手邊還有一些我於一九九九年為散文集《暗中流動的符碼》手刻的藏書票。這是九歌特別為該書放置的，多印了一百張給我，幾年下來所剩也無多了，就再挪出十張來送給當天出席提問的有緣人吧。

我在藏書票上簽名，加上「20120519台中」字樣，用印，以使這十張藏書票具有一些意義，也表示對聽講者的尊重。「永以為好」，投報之間，緣就在了。

藏書票以台灣島圖呈現，圖上陰刻的文字，取自我的散文〈從海上回來〉：

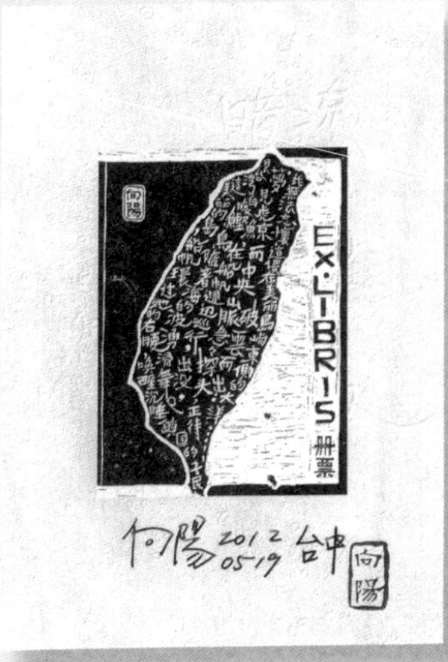

夢見台灣這美麗的島，船帆環過她的右腰，喚醒沉睡鎖國的子民；夢見白腹鰹鳥隨著海的波湧滑舞，夢見虎鯨，在船帆週邊巡行，出沒，而中央山脈急急探頭，正待破雲而出……

我無法忘懷這偎在美麗島嶼東側於的大洋……

20120705

高山流水・江山之助

今晚收到老友渡也傳寄短論〈山林向陽與向陽山林〉，全文約兩千字，是他應國立台灣文學館之邀，主持南投縣文化局舉辦的「山林文學的發展期待」座談會的發言文論。

在這篇短論中，他指出我的詩作「大量出現山林（或稱山水）元素」，原因有二，一是受到屈原作品中俯拾皆是的山林、山水元素的啟發；二是在鹿谷及陽明山成長，受到山林之美薰陶所致（劉勰所謂「江山之助」）。他也舉我的詩作〈種籽〉、〈銀杏的仰望〉、〈森林〉、〈竹之詞〉為例，分析其中寄寓的「向陽而又向上」的意志。結語謂：

> 遣用山林元素來表達山林向上或者向陽本人向上，或者人類向上之主旨，的確是向陽詩中常見而極重要的特色。而向陽的詩之所以頗具氣勢，這主旨亦為一大助力、一大因素也。

我與渡也初識於就讀文化學院時期，一九七四年，同為華岡詩社同仁，當時他已是名揚詩壇的新銳詩人，我才剛開始起步，他常來山仔后格致路我的租屋中與我談詩；我接華岡詩社社長之後，更引領我與詩壇名家接觸、聯繫，而使詩社活躍於詩壇。

從一九七四年迄今，三十八年日月相追，兩人皆漸老矣，讀他的大文，當年論詩華岡的種種圖像，又一幕一幕浮出，如聆高山流水。

20120917

少作贈向海

今天開學日，第一堂課上的就是現代詩專題，我把本學期這堂課定位在中生代詩人研究，列了近三十位詩人名單給研究生參考，請他們自己挑選詩人作為課堂報告、期末論文的對象。秋天的詩，寫在秋天的天空上。

今天也收到第一批臉書之友索贈《銀杏的仰望》的信，其中一封來自鯨向海這位傑出的新世代詩人，我與他早已結識，對他的詩更是早在網路時期就已喜愛。早該贈他詩集，苦無存書，多虧書房舊藏「露餡」，才有機會還贈。

我在詩集的扉頁上題字如下：

少作贈向海
飛鯨破浪　海闊天蒼

此外又另加了印刻出版我的詩集《亂》時印製的書籤，題「結緣以詩」——這樣，寫字、蓋章，加書籤，再放入信封，寄出，希望能傳達我的心意。

在題字後，又蓋了兩枚章，蓋在書上者係畫家陳永模兄刻贈，書籤上的是書法家李蕭錕兄刻贈。

如此敬慎，只為印證：結緣以詩，永以為好。

20121007

送給台大原民圖書中心的手稿

台大圖書館台灣原住民族圖書資訊中心將出版詩人瓦歷斯・諾幹的新著《自由的年代》，主其事的阮紹薇希望我為此書寫個小序之外，額外要求我提供詩作手稿，於是我恭敬從命，選了與原住民族有關的〈明鑑：詠日月潭〉（注），在隨手可得的A4白紙上，一字一字抄謄下這首詩作。

〈明鑑〉曾被選入二〇〇九年國中基測國文考題閱讀測驗。此詩寫於二〇〇七年，我應日月潭國家風景區管理處之邀而寫，寫完後先在日月潭水社遊客中心當眾朗誦，後再發表於聯合副刊。

詩以「明鑑」詠日月潭，不純是旅遊所見，我也試圖將日月潭的山光水色與邵族歷史、文化相互結合，表現明潭的歷史（時間）與地理（空間）之美，並凸顯邵族與日月潭密不可分的人文關係。

詩分兩段，每段各十行。第一段帶出邵族白鹿傳說，前六行寫今日所見日月潭晨景：晨光初醒，看得到白鶺鴒飛過lalu島，而潭畔的茄苳樹也搖曳生姿，迎著朝陽；後四行鋪寫邵族祖先追逐白鹿，翻山越嶺，發現日月潭，定居，繁衍族脈的傳說。今古對照，表現日月潭景色與人文之相織。

第二段以「三百年」作為有文字記載的指涉，暗喻邵族面對漢人入墾、族脈衰頹的處境，以及今日傳衍營生的艱困，呼應第一段後四行的邵族開基，因此而有「蔓草中深烙的邵人腳印／如何狂奔如何匍匐如何抬起而又跌落」的概歎。最後兩行以「明潭本是邵族家鄉／今為台灣靈魂之窗」作結，總綰全詩，強調日月潭與邵族不可分割，寄寓觀賞日月潭風光之際，莫忘她既是台灣靈魂之窗，也是邵族家鄉的人文認知。

注：「明鑑」釋義

1. 明鏡。新唐書．卷一二二．魏元忠傳：「夫明鑑所以照形，往事所以知今。」

2. 稱讚人識見高遠。

3. 明顯的前例，可為今日所取法、借鏡。明史．卷三二〇．外國傳一．朝鮮傳：「苟闕斯二者，而徒事佛求福，梁武之事，可為明鑑。」

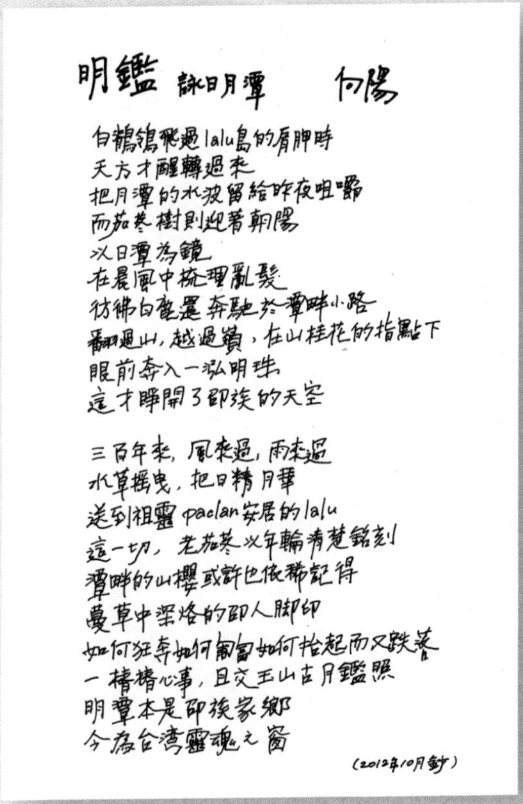
明鑑 詠日月潭　　向陽

白鶺鴒飛過lalu島的肩胛時
天方才醒轉過來
把月潭的水波留給昨夜咀嚼
而茄苳樹則迎著朝陽
以日潭為鏡
在晨風中梳理亂髮
彷彿白鹿還奔馳於潭畔小路
翻過山，越過嶺，在山桂花的指點下
眼前奔入一泓明珠
這才睜開了邵族的天空

三百年來，風來過，雨來過
水草搖曳，把日精月華
送到祖靈paclan安居的lalu
這一切，老茄苳以年輪清楚銘刻
潭畔的山櫻或許也依稀記得
蔓草中深烙的邵人腳印
如何狂奔如何匍匐如何抬起而又跌落
一樁樁心事，且交玉山古月鑑照
明潭本是邵族家鄉
今為台灣靈魂之窗

（2012年10月鈔）

20121224
醒報頭版登詩

上完「現代詩專題」回到暖暖，天已夜了，寒風颼颼，照例從信箱中拿出《台灣醒報》和信件，飯前讀報，忽然發現日前PO在臉書上的〈冬至〉，登在《台灣醒報》第一版，許久未曾有過的感覺一下子湧上心頭。

這是該報發行人林意玲小姐的好意，但也可說是她力圖辦一份和商業報紙不一樣的質報的用心。

報紙用頭版刊登現代詩不始於今，一九八八年創刊的《自立早報》就曾以「早之詩」專欄在報頭下逐日登詩，由我主選，開創台灣報業頭版登詩的前例；台灣日報副刊在詩人路寒袖主編時，也曾以「台灣日日詩」專欄每天登載現代詩，開創了副刊日日有詩的前例。

不獨台灣如此，日本報紙也曾在頭版報頭下登詩，受到讀者喜愛；有一年瑞典學院馬悅然院士以瑞典文翻譯我的詩〈小滿〉，好像也是放在瑞典報紙的頭版上。

剛發行八十二期的《台灣醒報》將我的詩作置於頭版，讓我感動，不是因為該報使用我的詩作，而是因為其中可以看到一個報人對報紙品質的高度追求和苦心經營；然而，如此用心的報紙，在以發行量和廣告收入為取向的主流報業中，能否支持下去，則又令我憂心。

這樣的心情，還真矛盾啊！

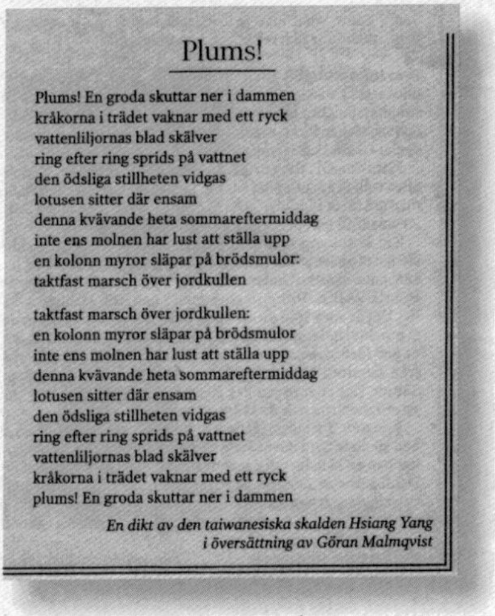

Plums!

Plums! En groda skuttar ner i dammen
kråkorna i trädet vaknar med ett ryck
vattenliljornas blad skälver
ring efter ring sprids på vattnet
den ödsliga stillheten vidgas
lotusen sitter där ensam
denna kvävande heta sommareftermiddag
inte ens molnen har lust att ställa upp
en kolonn myror släpar på brödsmulor:
taktfast marsch över jordkullen

taktfast marsch över jordkullen:
en kolonn myror släpar på brödsmulor
inte ens molnen har lust att ställa upp
denna kvävande heta sommareftermiddag
lotusen sitter där ensam
den ödsliga stillheten vidgas
ring efter ring sprids på vattnet
vattenliljornas blad skälver
kråkorna i trädet vaknar med ett ryck
plums! En groda skuttar ner i dammen

En dikt av den taiwanesiska skalden Hsiang Yang
i översättning av Göran Malmqvist

20130106

童詩〈爸爸〉收入國小課本

元旦期間收到康軒文教事業公司寄來二下國語課本，第五課收了我的童詩〈爸爸〉，這是我為女兒寫的詩，後來收入我的童詩集《春天的短歌》（台北：三民，二〇〇二），原詩甚長，經過康軒版的重整，成為收入課本的文本。

我最先開始寫童詩，是為新學友寫的台語童詩集《鏡內底的囝仔》（一九九六年五月），接著是為三民「小詩人系列」寫的《我的夢夢見我在夢中作夢》（一九九七年四月），加上《春天的短歌》共三本。其後又應遠流之邀寫了一本給兒童閱讀的童年書《記得茶香滿山野》（二〇〇三年六月）。

更早之前，應小天出版公司之請，我翻譯了日本科幻童話作家龍尾洋一的科幻故事《達達的時光隧道》（一九九〇年四月），其後為時報出版公司翻譯日本兒童文學大老窗道雄的童詩選《大象的鼻子長》（一九九六年）。

這些作品（創作或翻譯），都與孩子有關；但更特別的是，這些作品都是在我就讀博士班期間陸續完成——嚴酷的博士課業、繁瑣的論述，與充滿夢與愛的童心，在光晷之間競逐。這樣的拉扯，難道也算是左腦與右腦的對話嗎？

20130110

〈阿爹的飯包〉選入龍騰國文

收到龍騰文化寄來高職國文第六冊，打開課本，內收我寫於一九七六年一月十五日的台語詩〈阿爹的飯包〉。寫作此詩時，我還是大三學生，二十一歲，算來是三十七年前的事了。三十七年來，這首樸素的詩作沒有被忘記，真是謝天謝地。

這首詩發表在《笠詩刊》，一九七七年詩人瘂弦要聯副記者田新彬採訪我，技巧性地讓這首詩見了報；登出後，尚未謀面的民歌手簡上仁寄信到聯副，轉到我手中，徵求我同意讓他譜曲，於是這首詩轉以〈阿爸的飯包〉民歌，在上仁兄的全台演唱中不斷傳唱，也受到更多的注目。

巧的是，昨晚我的學生淑菁寫信給我，說她的學校教師合唱團要代表基隆市參加全國教師合唱比賽，演唱曲目是〈阿爸的飯包〉，請教我其中幾個地方的發音問題——回完信後，細想這首在艱困的語言環境中寫出的詩，還能留存至今，應是天公疼戇人的福報吧！

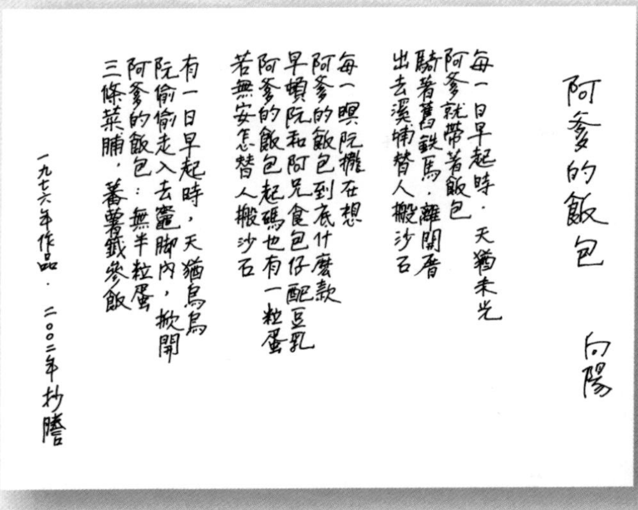

阿爹的飯包

向陽

每一日早起時．天猶未光
阿爹就帶著飯包
騎著舊鐵馬．離開厝
出去溪埔替人搬沙石

每一暝阮攏在想
阿爹的飯包到底什麼款
早頓阮和阿兄食包仔配豆乳
阿爹的飯包起碼也有一粒蛋
若無安怎替人搬沙石

有一日早起時，天猶烏烏
阮偷偷走入去灶腳內，掀開
阿爹的飯包：無半粒蛋
三條菜脯．蕃薯籤參飯

一九七六年作品．二〇〇二年抄謄

卷三
愛藏

20091128

藏書票

在台北詩歌節詩人之夜的會場，小草藝術學院的姚時晴持贈精心製作的「向陽藏書票」，圖用日本年代「台灣明細全圖」，有古意之美，兼有期許之意。衷心感謝。

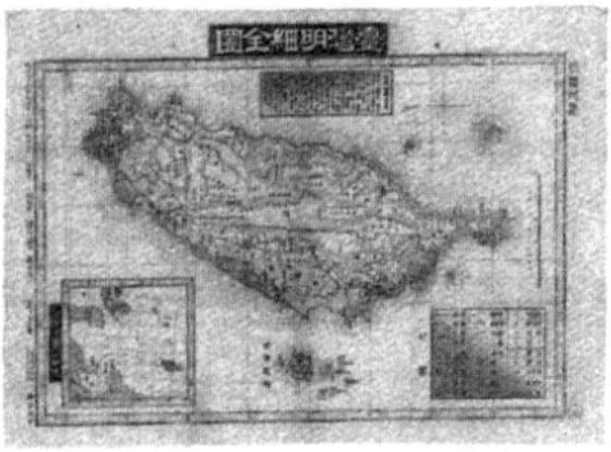

向陽

EX-LIBRIS

小草藝術學院

（145. 2009. 500）

20100522

兩樣小藏品

書房中擺放了我相當珍愛的兩樣小藏品。

其一是我於一九九九年為散文集《暗中流動的符碼》手刻的藏書票。應我的要求，九歌出版社以我的木刻版畫為該書製作這張藏書票，大概是台灣戰後出版業少有的作為了。

二○○三年，九歌重印這本散文集，更名為《為自己點盞小燈》，書頁內仍然附有這張藏書票，使這本散文集有書有票，愛書藏書，都微香在手。

另一則是以桃花心木製成的台灣文鎮。這是鄭福田文教基金會執行長邱慧珠送給我的。該基金會自二○○九年起就和北教大台文所合辦「文化台灣卓越講座」，提供台灣的心靈滋養；該基金會另有「福田樹木保育基金會」以拯救老樹為宗旨。紀念文鎮的前身，是國立台南高工已經無法救治的桃花心木，移除後由該會再生利用，標誌出一棵樹木的死亡及其再生。樹香木香，沁鼻沁心！

藏書票與文鎮，都以台灣圖像呈現，其中蘊藏的是對腳下土地的愛。

20101220

覃子豪《詩的解剖》

我手邊存有覃子豪所著《詩的解剖》，而且是初版、再版兩個版本。這標誌了一個愛詩人年輕時學習新詩創作的印記。

再版本，購於一九七七年四月一日，八德路的舊書店。當時我大四。獲得此書，彷彿獲得至寶，一本印數不多的詩論，在我三歲時印出，二十二歲時買到，藏到五十多歲，時光讓這本書更加脆弱，也讓我的年歲更加增長，但詩的力量卻更加強大。這就是詩的魅力吧，對愛詩的人來說。

當年我在書上印上了藏書章三枚，都是用橡皮擦當印枚、刮鬍刀片當雕刀都，一筆一畫刻出來的。

一枚「春到」，一枚「向陽の本」（向陽的書），一枚「ㄌㄧㄣˊㄑㄧˊㄧㄤˋ」（林淇瀁注音符號簽名式）。三枚印章，顯示了一九七〇年代文青的習癖，也蘊藏著對文字符號表現的某種偏嗜。

以「ㄌㄧㄣˊㄑㄧˊㄧㄤˋ」的注音符號簽名式來說，那是我大學年代從黎錦熙的書中學來的。黎氏於一九二〇年代的中國推動注音符號拼寫方式，以橫寫模仿英文書寫方式推動注音，讓我感到新奇有趣，就學會了這樣的表意方式。

《詩的解剖》教我學會如何通過象徵意符的使用寫詩，黎氏的ㄅㄆㄇ橫寫方式，則讓我對符號之表意能力有更深刻的認知。

學習，張開眼睛，打開心房，如此有趣，又如此深刻。

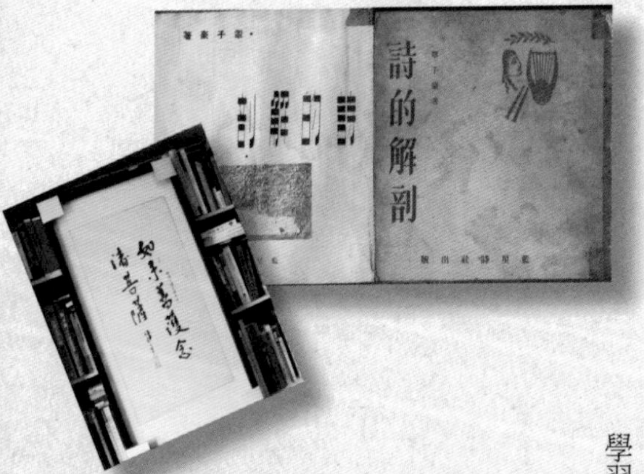

20101227

來自七星山下的祝福

耶誕過後上班第一天，收到小草藝術學院「N號志工」秦政德兄寄來的包裹，打開來看，內有《夢島錄》和台文所藏書票，充滿歡喜，心生感謝。

政德兄以張我軍創辦於北京的《少年台灣》（一九二七）創刊號封面，製作了北教大台文所的藏書票，名片僅是一般大小，卻寓意深遠。

一九二〇年代，張我軍是掀起台灣新文學運動的大將，政德兄以他創辦的刊物為本製作藏書票，表達的自是對台文所的期許。這來自七星山下的祝福，代表著對台灣文化重建的勉勵。謝謝政德兄，也向他和小草藝術學院長期推動台灣文化表達敬意！

《夢島錄》則是小草藝術學院出版的明信片，用美麗而素樸、特製的梧桐木盒，收十六張印製精美、蒐藏匪易的台灣古地圖，美不勝收。木盒上書有「夢島錄」和「小草明信片」書法（該是政德

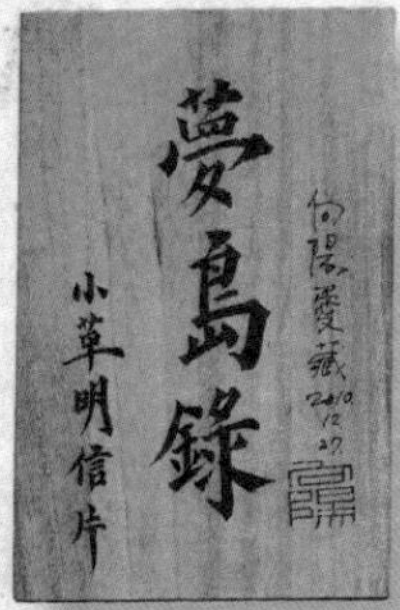

兄的手跡）。

這是美麗的「明信片書」，我決定收為愛藏，以書法家、畫家陳永模刻的印章，標誌我的欣喜。

晚上回家後，寫了封信給政德兄，略謂：「今天收到你寄來的《夢島錄》和台文所藏書票，如獲至寶，小草所出明信片早有嘉譽；去年冬天，你和時晴送我向陽藏書票，感念至今，再獲美物，如暖流拂面，特別感謝。」

20101230

光影，在他的笑顏中

舊歲就要過去，新年即將來臨，以更大度、更寬闊、更開懷的心，迎接嶄新的歲月和人生吧！

書房中擺了一座彌勒木雕，是一九九〇年代溪頭「正大茶行」販售的工藝品，本貌上了金黃色的金油，雕工較刻板。大概是一九九二年我返鄉過年，拿了一尊，回台北後，將金油刮除，就原模進行飾雕。彌勒臉上的表情，乳房、大肚，衣飾，以及基座，有著當年敬謹鑿刻的跡痕，隱藏著我的彌勒想像。

樟木的香氣，在雕鑿過程中，不斷釋出，寧靜和甜蜜的穩定感汩汩流出。

這尊木雕，也是我嘗試木刻版畫階段的副產品。

十九年過去，彌陀伴隨我，從溪頭到台北，從台北到暖暖，歲月的刻痕、光影，都在他的笑顏中。

20110429

鳥木刻

我是藏書票迷，一九八〇年代編輯《自立晚報》副刊之際，因為在副刊推出立石鐵臣於日治年代《民俗台灣》的版畫專欄「台灣民俗圖繪」，也愛上版畫。一九八九年，我擔任《自立早報》總主筆兼海外版《自立周報》總編輯，工作較之前擔任早報總編輯之際輕鬆許多，獲得報社同意，以在職生身分考入文化大學新聞所碩士班就讀，並開始木刻版畫的摸索。

《自立周報》每週以《自立早報》、《自立晚報》七日的新聞、內容為基礎，精編為四大張十六版，越洋發送海外台灣人同鄉閱讀。編輯部設在報社六樓，靠窗的房間內。六張辦公桌，兩張美工檯，執行副總是魏貽君，美術主任是畫家何華仁，資深編輯有林文義、楊翠、馮景青、廖淑瑣等，這份周報每週剪輯新聞，部分加以改寫，也擁有一版副刊，以早晚報各七天內容，選擇海外讀者關心的內容編成。

就在這個斗室中，當時已經開始從事木刻版畫的何華仁，有時會帶來他完成的作品，給同仁觀賞。他刻繪的主題都是台灣鳥類，這和當時也在報社編副刊的劉克襄形成雙「鳥」，劉克襄喜歡賞鳥，寫「鳥」文；何華仁則刻「鳥」圖，兩人並稱為「鳥人」。我因「耳濡目染」，開始學習木刻，也刻了幾幅作品。

手頭有一張藏書票，是當時何華仁送給我的，以紅色油墨印在厚宣紙上，藏書票上的鳥大概是老鷹吧，目光炯炯，神采奕奕；右側印章方框內刻了我的姓；下方「EX－LIBRIS」是拉丁文，意為「珍藏」，今已成國際通用的「藏書票」符號。

從一九八九年至今，雖然已過了二十年，這張藏書票依然完好如新，我在春夜的暖暖掃描這張藏書票，當年在小辦公室中編輯《自立周報》的種種圖像跟著浮上心頭。這張藏書票夾帶著《自立周報》為海外台灣人提供故鄉訊息的努力，更藏有我與周報幾位同仁的革命感情。

20110501

殘本美學

版畫家陳其茂先生（一九二六－二〇〇五）被譽為台灣現代版畫的拓荒者。逝世後，他的夫人丁貞婉教授決定將他生前所作三百多幅版畫、油畫捐給台灣大學，並在台大圖書館展出。

台大圖書館的紹薇希望我去參觀，預定近日前去。很湊巧，今晚就翻出了陳其茂於一九五三年十月在台北虹橋書店出版的木刻版畫集《青春之歌》，這本版畫集搭配了詩人方思、李莎、楊念慈、紀弦的詩，是一九五〇年代詩與畫結合的最佳例證；而其版本更是別出心裁，一張薄紙以紅色字印上詩人詩作，下一張即是陳其茂版畫，形成詩與畫相襯的視覺效果。

在主從關係上，陳其茂版畫是主，詩人詩作為輔，因而映襯了陳其茂版畫的深度和可貴；從版本學來說，這應該是一九五〇年代最考究的出版品了，編輯形式獨特，印刷精美，也強調了書的裝幀之美。

可惜，我擁有的這本《青春之歌》卻是殘本，從舊書攤買到時，已是七零八落，無封面、無扉頁、無版權頁，也無目錄——算一算，缺了第一至第六頁、六十九與七十頁。

這是一九九二年的事，我將分散的書頁一張張攤開，根據不太清楚的頁碼，逐一排序，然後加上了粗牛皮紙封面，加上書名、作者名、出版時間、出版社——我以一個初習木刻版畫者的虔敬，認真地試圖「復原」陳其茂先生早年的作品。

殘本，通過這重新裝訂的過程，有了於我來說最美麗的生命。

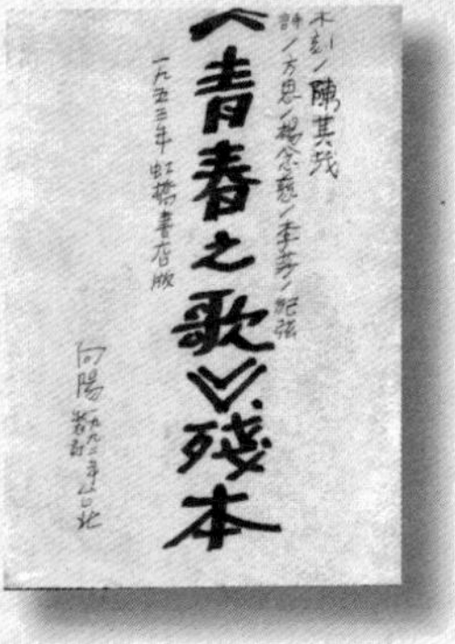

20110606

重逢四十二年前的自己

詩人節前夕，下午在誠品信義店三樓廣場參加書法家董陽孜製作的「二〇一一誠品詩人節【追魂】音樂會」，與詩人陳育虹、羅智成、鍾永豐、尤勞尤幹、巴旺，在音樂人林少英、李守信、林姿瑩、唐厚明、賴日陞、Rick. A. Tara等樂手的美麗樂音中渡過。這是一場讓我難忘的詩歌爵士音樂會，陪伴誠品的書香，詩與音樂的生命力，大概讓現場的聆聽者動容吧。

回到暖暖後，整理書房，發現了一份用蘸水筆編寫的《拓荒者》第A期，發行於一九六九年七月十六日，主編署名「紫斐」，以報紙方式編寫，共四個版面，第一版報頭「拓荒者」以美術字出之，報頭下有署名「伊風」所填〈滿江紅〉詞；頭條〈發刊詞〉，下為署名「王軍我」所撰〈論拓荒者該走的方向〉——儼然一份一九六〇年代的文學刊物。

翻過來是第二版，上欄「文藝橋」刊出〈青山學友會招募會員入會簡章〉；下欄「靈感的泉源」，刊詩三首，為伊風〈拓荒者〉、淇漾〈愁悶〉、鄭仰貴〈春〉。「青山學友會」係我和同級同學林炳承籌議，後更名為「翠嶺文藝學友會」，並實際召募會友，擬議出版發行竹山、鹿谷之文藝報。這個夢想超出兩個國二學生的能力，最後不了了之。新詩欄三首詩，除了鄭仰貴（兒童文學家、詩人）作品係由《國語日報》抄入，另兩首都是我的習作，看得出摸索的幼嫩。

第三版，版名「田畦」，刊出紫斐散文〈五十九〉，寫一個數學考試拿到五十九分的國中生心情；左下角「學府風光」，仿當年報紙常見的校園訊息。

第四版，刊白山連載小說〈暴風雨的奇遇〉（一）；左上角為專欄「紫斐短言 1」。

《拓荒者》四小版，除了鄭仰貴詩之外，其他的所有筆名，刊出的評論、詩、散文、小說，以及刊頭、插畫，還有編者紫斐、填詞的伊風、寫評論的王軍我，都是當年十四歲就讀鹿谷國中二年級的我。

算來這是四十二年前的舊物了，還能保存至今，見證我人生的起步階段，真是謝天謝地。

詩人節前夕，重逢四十二年前的自己：一個青澀而自負的鄉下少年，發願一生以詩人為職志，背誦、抄寫《離騷》，創辦「青山學友會」、編寫這樣一份《拓荒者》……。

年過半百的我，不忍驚動少年，只透過時光晦暗的窗口看著少年，看他以嚴肅的神情，提筆、蘸墨，謹慎地在細小的方格中植入他的夢，一格一字，規劃有待實現的人生，在一個叫做車輄寮的山村。

拓荒者
拓荒者
主編：紫雯
第A期
發刊辭
編者
詞一首滿江紅
論拓荒者該走的方向
王華鈞

20110616

意外的禮物

下午收到臉友Xiankuen Wu 寄來一片DVD，內容是今年二月十日我在「二〇一一年台北國際書展朗讀節」朗誦詩作的全錄，這場由詩人蕭蕭主持的「亂詩——向陽台語歌詩唸讀」的活動，大約有一個半小時左右，Xiankuen 從節目開始到結束「全都錄」了。經過四個多月後，整個活動又回到我的眼前，這真是我意想不到的美好經驗啊。

收到這樣珍貴的禮物，緣於六月九日 Xiankuen Wu 在我的臉書上轉貼連結他拍攝的我朗誦〈阿爹的飯包〉、〈搬布袋戲的姊夫〉、〈咬舌詩〉的三個片段錄影，我非常感動，當晚十一點四十六分，寫了這封信給他：

:) Xiankuen 我要感謝你錄下了我在國際書展朗誦台語詩的影片，我原以為那已經隨風而逝，成為風中的聲音了，卻在你用心錄下的影片中聽到又從風中傳回的昔日的聲音。

我聽到，在這一段影片中，我陳述二十一歲的我如何找回自己的母語；我也聽到，五十六歲的我如何重逢當年不畏虎的年輕的自己的聲音。在蒼茫中走一條人煙稀少的道路。

謝謝你錄下這些，謝謝你的分享！向陽

第二天我希望他如能同意，「不知可否燒錄一片光碟贈我留作紀念」，Xiankuen很爽快地答應了。

原以為只是三首詩的片段朗誦，今天收到的竟是全場從頭到尾的實錄，讓我得到了生平以來第一張朗誦現場實錄影片——這對我來說，實在是非常珍貴的資料。我想像不到，二月十日那天國際書展的朗讀現場中，會有人如此用心、耐心、細心地錄下現場實況；而在當天的聲音、影像都已飄離於我的四個月後，又如此慎重地燒錄成光碟、設計封面，贈送給我！

回到暖暖後，我在DVD封面上補了「Xiankuen Wu 攝影」字樣，用誌一段獨特而溫暖的情誼。

20120219

版畫春到

元宵已過，正月將隨之而去。昨天為了解周策縱教授詩中「走丸」之義，翻尋書房舊籍，意外尋獲一張消失已久的版畫〈春到〉。

一九九〇年前後，我在《自立晚報》上班，擔任《自立早報》總主筆，處理筆政之外，感覺自己應該繼續進修，考入文化學院新聞所碩士班，既要上班、又要上課，壓力甚大。

刻版畫於是成了我解壓的祕方。我到師大附近的美術社買雕刻刀、木板，無師自通，一筆一刀，刻起了版畫。這張〈春到〉就是當時的產物。

雖然春節已過，還在新正期間；適逢龍年，就以這張喜氣洋洋的版畫，祝福朋友們都騰達飛躍、如意歡欣吧！

向陽

20120407

回到三十七年前的夢蝶詩攤

清明返鄉，從溪頭向陽書房中找出三箱書信帶回暖暖。今晚得空整理其中一箱，發現了一張詩人周夢蝶先生於三十七年前寄給我的明信片。

明信片的背面空白，只有正面書寫。一九七五年當時夢蝶先生五十四歲，身體健朗，在台北市武昌街一段五號擺舊書攤，專賣詩人詩集、文集。這張明信片這樣寫著：

南投縣鹿谷鄉

溪頭

林淇瀁 先生

諸書已絕版。廣告誤登。乞諒之。

台北市武昌街一段五號

周夢蝶謹答

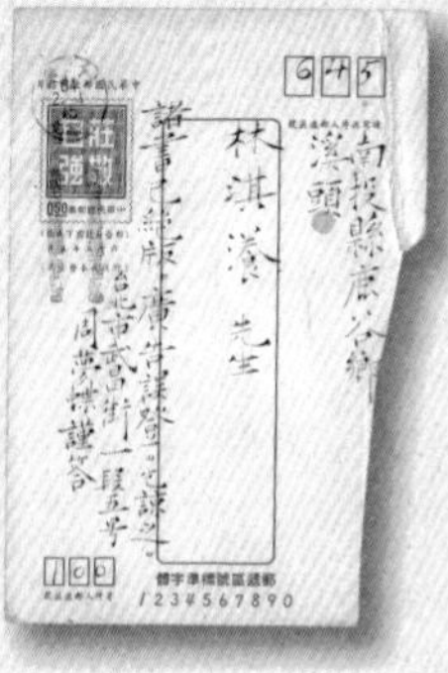

當年我二十歲，才剛開始寫詩，尚未出版詩集，也未識夢蝶先生，只因在詩刊上看到他的詩集有售，寫信求購於他，意想不到地獲得親題瘦金手跡。工整、清瘦的字跡，一如夢蝶先生的人與詩。

一九七七年四月，我自費出版第一本詩集《銀杏的仰望》，也將詩集託售於夢蝶先生的詩攤，這時才與他有了初步的交談。

時光飛逝，今我閱五十有七，而夢蝶先生九十有一矣。

20120607

悔之贈字善護念

詩人許悔之中午來學校，持贈手書墨寶「如來善護念諸菩薩」，贈我與方梓。這是四個月前悔之來我研究室，見我尚有白牆一壁，允寫字贈我，免白壁懸空，未識無有。

善男子重然諾，悔之親送字來，已付裱裝。我與方梓初識悔之時，他年方十八，仍在學中，已辦詩刊《地平線》，來南京東路我家談詩，面容俊挺，言談舉止有彬彬君子風。三十年後的今日，他已近半百，歷經滄桑，仍倜儻未褪，瀟灑如昔。

悔之的字端正雅潔，如其人品。三十年交往，我與他因詩相惜，也都先後創辦過詩社、編過詩刊，乃至擔任過報紙副刊守門人工作，對於台灣文學的傳播有共同理念，作為園丁，澆水施肥，鋪磚砌石。這大概也是善因緣吧。

「如來善護念諸菩薩」語出《金剛經》第二品：

善哉，善哉。須菩提！如汝所說：如來善護念諸菩薩，善付囑諸菩薩，汝今諦聽！當為汝說！善男子、善女人，發阿耨多羅三藐三菩提心，應如是住，如是降伏其心。

悔之抄此語贈我，應有深意。

20120701

摹寫「東巴文」

從雲南回來，印象最深刻的，是已被聯合國教科文組織列入世界記憶遺產、被公認為「世界唯一存活至今最完備的古象形文字」的「東巴文」。

東巴文是住在圖博（西藏）東部和雲南北部的少數民族納西族使用的文字。「東巴」意為「智者」，其字源自納西族宗教典籍《東巴經》，故稱「東巴文」。據估計，東巴文約有兩千兩百二十三個單字，詞語豐富，能表達情感，記錄事件，也能寫詩作文，被譽為文字「活化石」。

在雲南麗江，到處可見東巴文店招；上玉龍雪山時，我購買了一本學者和品正編著的《東巴常用字典》（昆明：雲南美術出版社，二○○九年二版），行旅途中，細品細讀，饒富趣味。

今晨一點半返抵暖暖，今晚整理旅遊記憶，特翻出字典，以「海內存知己，天涯若比鄰」句，摹寫為東巴文，贈送給善友人。

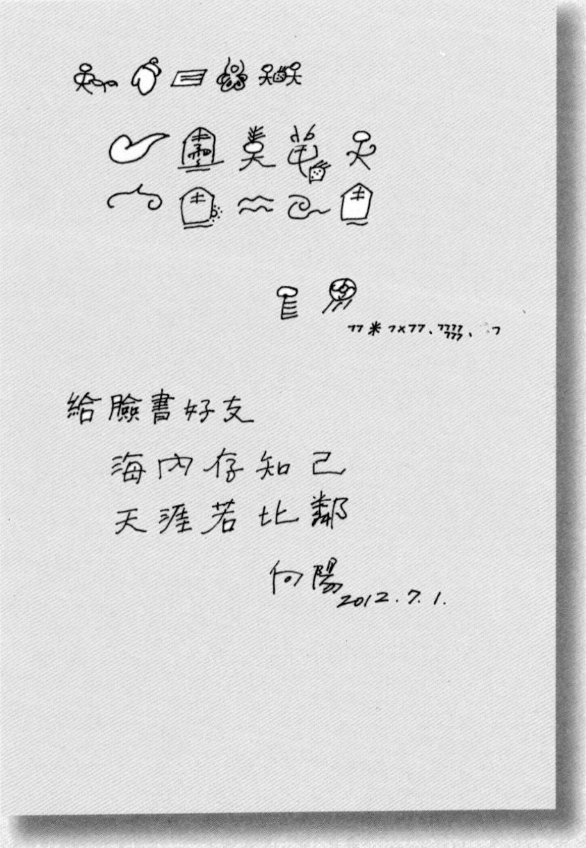
給臉書好友
海內存知己
天涯若比鄰
何陽 2012.7.1.

20120709
人間喜悲

今晚重翻一九九九年八月出版的詩選《向陽詩選：一九七四—一九九六》（台北：洪範），讀到當時我寫的序文〈折若木以拂日〉，文末這樣說：

> 碑記一樣，我看到我的生命，在歲月沉埋的甬道中，由浪漫、華美、典麗，折若木以拂日，向著當代、台灣、土地，九死而不悔。但這也使我難免寂寞悲涼，在黑幕沉甸、人聲沉澱的夜裡，我的叩問，似乎很難期待回聲。在非詩的年代中，我執意於螢火稀微，用著喑啞的嗽聲呼喊土地，是否真能被聽見呢。

距離這本詩集出版，十三年了，我自問選擇詩的這條路，仍然不悔，只是由於生涯多變，相對努力不足，特別是在人間書寫的部分，似乎仍有琢磨的的空間。

找出朱銘先生於一九八二年贈我的捏陶，是他開展「人間系列」的前置試驗作品，置於詩集之前，藉以自惕——

仍有無數人間悲喜，在簷瓦疊鄰之處，在街角巷閭之間，等待書寫。

20120716

與フォルモサ相遇

下午整理書房，在翻閱《自立晚報縮印本》第九十五冊時，意外找到了一直找不到的一篇譯文〈「福爾摩沙」創刊詞〉，發表於一九八五年一月二十六日，我主編的自立副刊之上。

重閱此稿，有著與年輕時代的自己重逢的喜悅、也有與一九三〇年代的フォルモサ相遇的興奮。

《福爾摩沙》（フォルモサ），發行於一九三三年七月十五日，是日治時期台灣學生在東京成立的「台灣藝術研究會」的機關刊物，也是台灣新文學史上重要的文學雜誌。

台灣藝術研究會成立於一九三三年三月，其前身是王白淵於一九三二年三月二十日組織的左翼團體「台灣人文化同好會」，成立不久即遭解散；王白淵乃再糾集同志蘇維熊、魏止春、張文環、吳鴻秋、巫永福、黃波堂、劉捷、吳坤煌等人，組成台灣藝術研究會，而有《フォルモサ》的誕生。

發刊詞說：「要求政治上經濟上完全自由的生活，固為第一要義，然而吾人更渴望於其上建立藝術方面的生活。為了已趨萎靡的台灣文藝，我輩如今不可不振作了」。

這是一九三〇年代的台灣青年的呼聲，不知二〇一〇年代的台灣文青是否也有同樣的壯志？

20120725

老凍頂

下午為《聯合文學》寫一篇小稿子，是應該刊八月號專輯「米土水」所寫，編者要的是「農村生活筆記」，但我離開家鄉太久了，只好以童年時的故鄉印象寫成「農村生活記憶」了。

傳稿子過程中，發現一張舊照片，是一九六〇年代初期父親在凍頂所拍。背景是茶園，穿西裝的父親和茶農站在山道上，旁有一頭老牛——啊，一九六〇年代的老凍頂，是我六歲的童年。

20120829

大兵刻的木章

下午一場大雨，晚間暖暖如秋。

雜物箱中找出一枚職章，上刻「管制士林淇瀁」，這是我服役時的最高「官階」——以陸軍工兵上等兵，任倉庫管制士。

職章用的當然是劣質木頭，長三公分、寬一公分、高四點五公分，毫不起眼。我閒來無事，拿起雕刀，在職章側面刻上王維〈相思〉一詩，於是這職章竟搖身一變而為長三公分、寬四點五公分的「情章」了。職章頂端則陽刻「石馬店居」，那是部隊駐紮之地，在苗栗三灣山中。

刻章日是一九七九年六月十六日，時年二十四歲，兩個月後我退伍，開始人生的另一程路途。

20121028

一九六〇年代小四生的成績冊

《文訊》要製作文藝青年專輯，囑我寫稿，趁今天下午人較清爽，陪屋外的秋雨打字，鍵盤敲動，寫了一篇追憶華岡詩社的文稿。寫完後，找舊照片，掃描，圖文檔寄出。

找舊照，依例都得翻箱倒櫃，翻倒之間，出現了一本讀國民學校時的《學生成績紀錄冊》，被時光打上了蒼茫的色澤，學號0020、廣興國校、林淇瀁，三個關鍵字把我召喚回一九六〇年代的時間迴廊中。

打開這本紀錄冊，內頁中有我的指紋，從大指、食指、中指、無名指到小指，蓋在細小的格子中；接著下頁蓋了校章，上書「中華民國五十一年一月三十一日發給」，彷彿護照一樣，如此鄭重其事的年代。

然後是從國校一年級到六年級的「學行體育及出缺席表」，上面有我的成績、級任老師章、校長章、家長章——把成績最好的小四那年的表也掃描下來，貼在臉書，現一下我的「小時了了」吧。

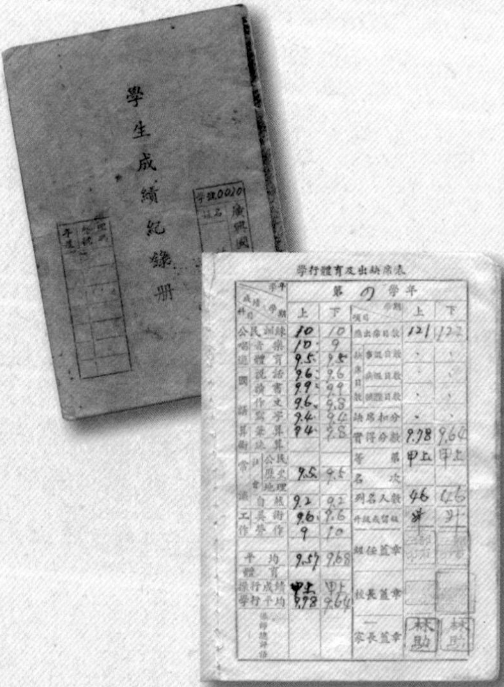

這樣一本小冊子保留至今，仍然完好，瞬間半個世紀已經流逝。感悟是：好小子，果真念舊啊！

20130111

梁實秋手稿

今晚整理書稿，發現梁實秋小品〈時間即生命〉手稿。這是我擔任自立晚報副刊主編時收到的作品（約在一九八三年春），共四頁，每頁兩百五十字，全文剛好一千字。

梁實秋先生的文字老練純熟，智慧蘊於行文之中，無以增減，雋永可讀。正如此文首頁所寫：

> 最令人怵目驚心的一件事，是看著鐘錶上的秒針一下一下的移動，每移動一下就是表示我們的壽命已經縮短了一部分。再看看牆上掛著的可以一張張撕下的日曆，每天撕下一張就是表示我們的壽命又縮短了一天。因為時間即生命。沒有人不愛惜他的生命，但是很少人珍視他的時間。如果想在有生之年做一點什麼事，學一點什麼學問，充實自己，幫助別人，使生命成為有意義，不虛此生，那麼就不可浪費光陰。這道理人人都懂，可是很少人真能積極不懈的善為利用他的時間。

原稿上梁實秋先生的字跡端正秀雅，每個字都安放在稿紙的字格之中，可以想見他的為人必也如是，不是橫逸斜出之人。

這原稿被我存放至今剛好滿三十年。時間就在這原稿上透露了一些生命的端倪。梁先生去矣，但他的作品和文格則被時間保留下來，在後來者的心中永存。

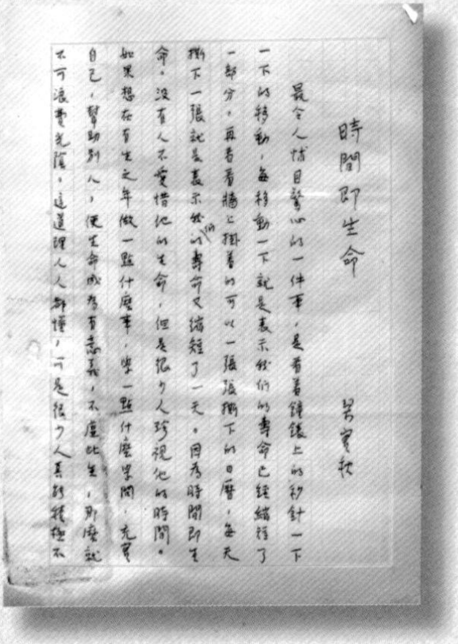

時間即生命

梁實秋

最令人怵目驚心的一件事，是看著鐘錶上的秒針一下一下的移動，每移動一下就是表示我們的壽命已經縮短了一部分。再看看牆上掛著的可以一張一張撕下的日曆，每天撕下一張就是表示我們的壽命又縮短了一天。因為時間即生命。沒有人不愛惜他的生命，但是很少人珍視他的時間。如果想在有生之年做一點什麼事，學一點什麼學問，充實自己，幫助別人，使生命成為有意義，不虛此生，那麼就不可浪費光陰。這道理人人都懂，可是很少人真能積極不

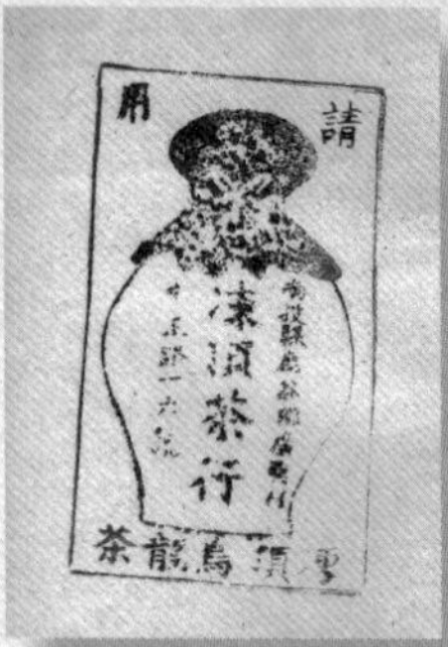

20130317

凍頂茶行戳章

中午在書架中找到一本我小學時讀的《自學珠算》（台北：文化圖書公司，一九五八）；翻開書扉，其上印有一張上書「請用凍頂烏龍茶」的行銷戳章。這戳章長九公分、寬五點五公分，其上繪有茶罐，上載有「凍頂茶行」字樣，以及地址「南投縣鹿谷鄉廣興村中正路一六號」，這也是我出生的所在，也是我文學閱讀、夢想和創作的發源之地。

如今這個老家已經不復存在，其後父母在溪頭另開正大茶行，現在由我家老二林彧經營，改名為「三顯堂」。

這是家父林助設計的珍貴圖章，也是溪頭三顯堂的重要史料。

20130329

鋼板刻出的油印報

結束「魚木文學沙龍」回到暖暖，先把將到國家圖書館演講的地誌書寫演練了一下，在魚木咖啡的談話是一次愉快的經驗，人文咖啡館的特色使得這個咖啡館在溫州街的小巷中放出柔美的光。我的談話可能隨著夜色消失，但文學沙龍的光彩會在更多談話者的聲音加入後更形濃郁。

久而久之，成為傳統，台灣文青的會所將可能培孕新的文風，甚至萌發新的文化運動，沙龍文化將更見厚度。我如此夢想。

謝謝亮羽的邀請，謝謝黑俠賢伉儷，謝謝在廚房烤製那麼好吃的三明治的詩人。

回來後想到台北文青展——也是文青文化的美麗展現，找出三十八年前我二十歲時用鋼板刻、油墨印的《竹笛晨報》ＰＯ到臉書。在那個沒有部落格、網路和臉書的年代，文青用鐵筆刻鋼板，把訊息刻在蠟紙上，手執滾筒，滾著消逝的年代，留下永不流失的夢！

卷四
賦詩

20111203
人間行旅

昨天聯合副刊以手稿方式刊出了我的詩作〈行旅〉，這首十行詩寫人世間的「尋找」與「遇見」，不限於愛情。

人間行旅，「色不異空，空不異色；色即是空，空即是色」。

全詩如下：

我尋找你，在匆迫的行旅之中
如一尾魚，在纏牽的水草之中
我尋找你，在通往終點的驛站
我尋找你，在左右交困的路口
如一尾魚，我從眾多陌生的瞳孔辨識你

在闃暗的甬道之中，我遇見你
在廣袤的夜空之中，如一輪月

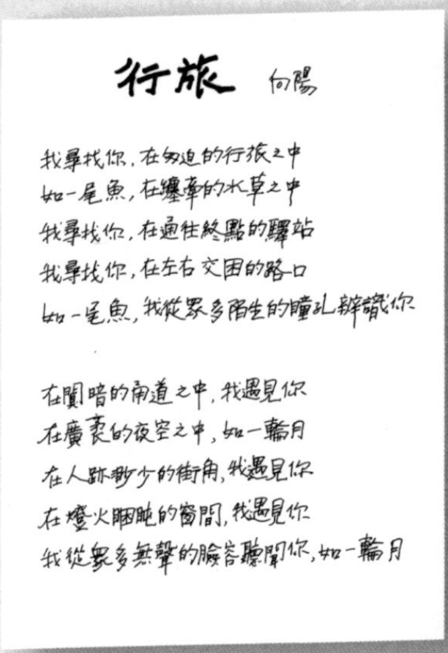
行旅　向陽

我尋找你，在匆遽的行旅之中
如一尾魚，在纏牽的水草之中
我尋找你，在通往終點的驛站
我尋找你，在左右交困的路口
如一尾魚，我從眾多陌生的瞳孔辨識你

在闃暗的甬道之中，我遇見你
在廣袤的夜空之中，如一輪月
在人跡渺少的街角，我遇見你
在燈火睏盹的窗間，我遇見你
我從眾多無聲的臉容聽聞你，如一輪月

在人跡渺少的街角，我遇見你
在燈火睏盹的窗間，我遇見你
我從眾多無聲的臉容聽聞你，如一輪月

20120301

三月驚蟄

春，三月，轉眼驚蟄將至。天氣轉晴，氣溫也回升。神清氣爽，放眼所見，都是好物好人。

收到康熹文化寄來高中國文第六冊，第五課新詩選收入了我的四季詩作〈驚蟄〉，這課文忘了是哪一年放進來的，初見則是今日。版面落落大方，用色柔和，有春天已來的感覺。

編者將〈驚蟄〉放在第五課，似乎也經過苦心安排，算一算，這學期用這個版本的高三生，在驚蟄前夕應該會上到這一課。這樣的安排，讓我相當感謝。這首詩是我寫四季二十四節氣的一首。全詩如下：

寒意自昨夜起逐步撤退
清晨進駐林間的一隊鳥聲
把微曦與樹影咬成起落的音階

久潮牆角，忽然暈染開來
破窗過訪的陽光，靜靜
溫慰著瑟縮的鋤犁。北風
向西，一波波湧溢
靄靄氣息。屋舍昂然抖擻
泥土中，蟄蟲正待開門探頭
隨蛺蝶，我入園中遊走

一似去年，田犁碌碌耙梳土地
汗與血還是要向新泥生息
鷺鷥輕踩牛背，蚯蚓翻滾
在田畝中，我播種
在世世代代不斷翻耕的悲喜裡

放眼是遠山近樹翩飛新綠
昨夜寒涼，且遣澗水漂離
我耕作，但為這塊美麗大地
期待桃花應聲開放
當雷霆破天，轟隆直下

編者對此詩的題解這樣說：「本詩所述即是大地回春的景象，並對土地上的生命傳承，充滿樂觀的期待。」寫出了我在一九八五年寫作此詩的初衷，讓我有知音之感。

20120313

夜寒宜斟酌

昨夜趕寫《文訊》「手稿的故事」第十一篇，以柏楊為主角，供四月號之用。整夜又是翻箱，又是倒櫃，未嘗闔眼，相伴唯寒雨、冷風與孤燈。今早九點半完稿寄出，上床就寢。

下午到智慧財產局開會，會後返家，就睡著了。醒來上臉書，發現有一張照片復活了——這是近月來常見的怪事，好像也有臉友來翻箱倒櫃，找出很久以前貼的東東，按一個讚，就被傳送出去了。

也好，以臉書目前還不合格的設計，一篇作品或一個訊息，大概三天後就消聲匿跡了。有臉友「挖」，讓舊貼重見天日，也是功德一樁。

舉這首被挖出的〈斟酌〉為酒杯，斟酒以相敬，請君細酌飲，共度寒雨夜：

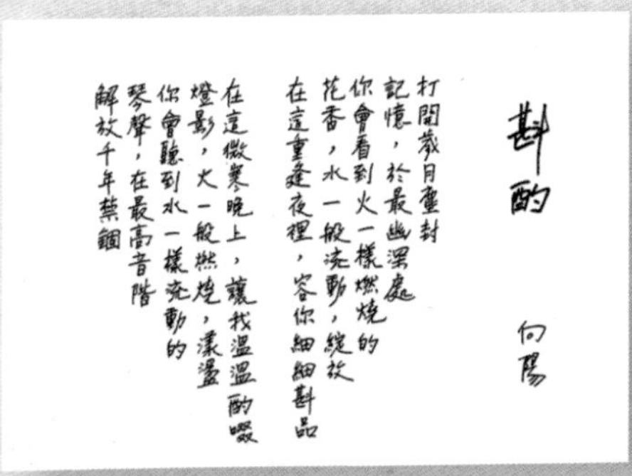

斟酌

向陽

打開歲月塵封
記憶，於最幽深處
你會看到火一樣燃燒的
花香，水一般流動，綻放
在這重逢夜裡，容你細細斟品

在這微寒晚上，讓我溫溫酌啜
燈影，火一般燃燒，漾盪
你會聽到水一樣流動的
琴聲，在最高音階
解放千年禁錮

20120323
春分：陰陽相半

三天前，節氣逢「春分」，《月令七十二候集解》說：「二月中，分者半也，此當九十日之半，故謂之分。」《春秋繁露》說：「春分者，陰陽相半也，故晝夜均而寒暑平。」

春分之際，氣候變化大，氣溫不穩定，今天最明顯，中午前猶如暑夏，中午過後漸入嚴秋。我曾寫過一首《四季》詩〈春分〉，將「春」字分而置之，左右相襯，分頭雙飛。也是一種趣味！

彷彿循環著的日與月
我在東，你在西
分別擁有一半的世界
彷彿綻開著的花或蕊
你是桃，我是李

各自描繪不同的畫頁
彷彿遠隔著的南與北
我上山，你下海
埋頭譜寫相異的音階
背靠春天，孤獨使我們掉淚

彷彿相生著的樹與葉
我盤根，你蔚綠
一起接受陽光和雨水
彷彿併聯著的路與街
你走縱，我走橫
相互提供生命的圖繪

彷彿舞踊著的蜂或蝶
我在左，你在右
共同吸取天地的精粹
面向春風，我們分頭而雙飛

彷彿循環著的日與月
我在東，你在西
分別擁有一半的世界
彷彿綻開著的花或蕊
你是桃，我是李
各自描繪不同的畫頁
彷彿遠隔著的南與北
我上山，你下海
埋頭譜寫相異的音階
背靠春天，孤獨使我們掉淚

彷彿相生著的樹與葉
我盤根，你蔚綠
一起接受陽光和雨水
彷彿併聯著的路與街
你走縱，我走橫
相互提供生命的圖繪
彷彿飛舞著的蜂或蝶
我在左，你在右
共同吸取天地的精粹
面向春風，我們分頭而雙飛

Like

20120402

喜流蘇開綻

研究室旁的流蘇燦開了。

翠綠的樹葉襯托下，流蘇花以細長的冠瓣，簇簇綻開。翠葉白花，自然天成；而淺香飄送風中，倍添韻味。心情為之開朗，草得舊詩一首：

流蘇團簇襯新蕊，冠瓣迎人搖碧翠；
陰霾抖落寒時風，笑看揚眉葉上雪。

20120405

埔里霧社途中

清明前夕回溪頭，次日上午與彧、維兩弟回凍頂祭掃父親墓園；晚上與妻女夜宿埔里。今晨陽光普照，乃由埔里赴霧社、廬山、青境農場，午後抵台灣公路最高點武嶺（海拔三二七五公尺），遇濃霧冷雨，乃折回，循高速公路返北。到暖暖已夜。

埔里赴霧社途中，路見一天工奇景於河對岸，右為走山後的殘山敗土，左為春陽下的綠樹翠葉。

榮與枯，並見於一山；新生與殘敗，相映於目前。有感於人生行路，詩而誌之：

一方流土一方綠，半壁殘山半壁樹；
到得巉峭雲游間，纔識煙波水盡處。

20120410

花著黃袈裟

在埔里桃米生態園區紙教堂的花園，驚見如陽光一般燦放的黃槐（sunshine tree）花，快門接近的剎那，背後的景物都失色了。

黃槐原產於印度、錫蘭、澳洲等地，於百年前引進台灣栽培。花黃色，五瓣，雄蕊十枚；成熟後，莢果扁平，呈念珠狀。口占一絕，曰：

花著黃袈裟，瓣藏心經筴；
萬般皆自在，亮燦陽光下。

九二一地震後重建的桃米生態園區中，看到黃槐，猶如看到災區走出災難、重見希望的喜悅。而帶來這股力量和喜悅的，則是具有指標意義的新故鄉文教基金會。

20120420

《四季》之〈穀雨〉

又逢穀雨，在照片簿子中看到一幅凍頂茶農摘採茶的照片。

那是二〇〇二年四月五日清明，回鄉掃墓時攝於凍頂山林或茶園的採茶圖，茶園就在父親墓園之後，綠油油的春茶開滿了茶園，眾多茶農正熟練地摘採。他們手下採的是「雨前茶」，就是穀雨之前採收的春茶。整個畫面洋溢著雨前的茶香和喜氣。

一九八五年我曾以四季二十四節氣寫二十四首詩作，〈穀雨〉當然也在其中，其後收入詩集《四季》。在這首詩中，我以「綠的盛粧」形容茶園的生氣盎然，寫凍頂茶種三百年前自福建武夷山移入之後，「因四時節氣／有不同的色澤」的美；而收於「茶，性喜向陽」，兼有自勉之意。全詩如下：

我們從丘陵的眉間
醒過來，從霧的眼波裡

醒過來。這時已是暮春
三月，也在綠的盛粧中
醒過來。陽光行過相思林
給探頭的我們以澄黃
以及微笑。我們是綠的族群
二三百年來就站在褐的土地
蘊釀同陽光一樣，一樣黃澄
撲鼻的甘醇與芳香

向更古遠的年代，西元
七六〇頃，隱居在苕溪
大唐的逸士陸羽低頭試著
叫醒我們：茶者，南方之嘉木也

來自南方的我們，三百年來
站在這島上，因四時節氣
有不同的色澤。如今在雨前
我們醒過來，從丘陵的眉間
醒過來，從霧的眼波裡
大聲叫著：茶，性喜向陽

花月三首

20120825–20120908

暖暖山月

今晚暖暖又見明月，在五樓書房陽台上仰首望月，只見雨後群山溫馴臥於月光之下，蟲語滿山，天上浮雲，林間流螢，天地之間流動著寧靜：

暖暖雨初停，唧唧蟲復鳴；
浮雲泊夜空，山月邀流螢。

暖暖中元夜月

暖暖中元明月，煞是迷人，仰望夜空，有陰霾盡去，心胸澄明之感，遂得此詩：

中元夜月凌空虛，萬里殘雲步凋疏；
霾晦脫出風順花，澄明照見水扶樹。

紫鳳凰花開

書房陽台上的紫鳳凰花開了，雲影來相照，花瓣的紫色妍麗，教人動容，忍不住又寫了一首詩：

秋來午後樓台前，乍見紫花弄姹嫣；
雲影獨憐鳳凰飛，天光相映碧鱗間。

20120922

〈我有一個夢〉走入圖書館

今晨入睡前，臉友Cheng Hua Kuo在一張照片上標記了我的名字，讓我看到了詩作〈我有一個夢〉被擺置在剛完成的台南市圖裕文分館入口處，作為入口意象；晚上在網路中看到《自由時報》記者所攝照片。

以現代詩作為公共藝術的意象，可見台南市文化局推動文學與閱讀的用心。這首詩是在初選三位詩人作品之後，公開由市民票選之後確定，也彰顯了公共藝術的公共性。

〈我有一個夢〉能出線，是我的榮幸；這首以台語寫出的詩作，能在圖書館中被閱讀，更讓我感到欣慰。這首詩以台語寫成，就算只懂中文也可充分了解：

我有一個夢
夢見咱做夥開墾這片土地

溪水倚靠堅強的高山
花草，由南向北一路開放
無邊的平原稻穗起舞
連綿的岸，思慕著海洋

我有一個夢
夢見咱同齊關心這片土地
不准廢水、污煙污染家園
無愛斧頭、鋸仔凌遲樹林
疼惜天頂飛的鳥水底泅的魚
疼惜囝仔、老人連厝邊

我有一個夢

夢見咱鬥陣衛護這片土地
提愛心，拍開仇恨的枷牢
抱希望，行離鬱卒的暗房
醒過來就是萬里無雲天
和平的花蕊散放出久長的清芳

我有一個夢 向陽
我有一個夢
溪水倚靠堅強的高山
花草，由南向北一路開放
無邊的平原稻穗起舞
連綿的岸、思慕著海洋
我有一個夢
不准雨水、烏煙污染家園
我有一個夢
抱希望，行離鬱卒的暗房

20120925

數學公式寫鄉愁

中秋將到，在陽台上看到上弦月，天色未暗，弦月初生，尚有夕陽餘暉殘留雲端。此景令我想起童年時山村望月的時光。

月亮容易讓人思念故鄉與家人，李白的「床前明月光，疑是地上霜；舉頭望明月，低頭思故鄉。」因此成為千古名詩。

我想到讀大學時寫得鄉愁詩作〈月之分解因式〉，寫於一九七五年，當時想求新，於是以數學公式來嘗試表達新時代的鄉愁，而寫成了結合文學與數學、感性與知性互文的這樣的「怪」詩：

$a^2-b^2=(a+b)(a-b)$

月的距離乘以月的距離　減掉
家的懸念乘以家的懸念　竟是
距離加懸念距離減懸念之互乘

則夜下對月必有人的鄉愁是隨距離而濃或淡的

$(a+b)^2=a^2+2ab+b^2$

月的距離加上家的懸念　乘以
月的距離加上家的懸念　便是
距離的平方加上兩倍的距離及懸念加上懸念的平方
故每次夜下對月總覺月分外的遠懸念分外的深切

$(a-b)^2=a2-2ab+b^2$

月的距離減掉家的懸念　乘以
月的距離減掉家的懸念　已是
距離的平方減掉兩倍的距離及懸念加上懸念的平方

故每回離家漂泊總覺月分外的缺懸念分外的渺茫

ma＋mb＋mc＋m……＝m（a＋b＋c＋……）

而我的對月加上我的鄉愁加上我的漂泊加上我的……

總是：我的對月加上鄉愁加上漂泊加上我的……

而我的距離減掉我的懸念減掉我的渺茫減掉我的……

總是：我的距離減掉懸念減掉渺茫減掉……

20121012

都市中的「白露」

二十四節氣的「白露」已過月餘，但在都市，特別像台北盆地，此際最像秋天。

上個禮拜到文化部開會，會議結束後，到中央藝文公園散步，市民大道高架橋在左側，橋上車流不息；前方可見１０１，聳立雲端。但更搶眼的是，兩座建築工程平台，一左一右，正試探著這個城市的心臟。

這使我想起我寫過的四季詩〈白露〉。這兩座平台，起落之間，似乎也微微傾墜，把藍天斜斜踩到對街高樓了。

這時候，會不會有個小孩也在另一端的公園盪鞦韆呢？

一滴露珠閃閃發亮
在晨曦前鷹架的鋼柱上
微微傾墜，把漸藍的天

斜斜踩到對街高樓
刀刃一般切割出的牆緣
水泥散匿，在工地
守夜的人仍打盹
在挖土機的履帶前
整座城市還沒醒來
一個呵欠，從夏天打到秋天

一個小孩，從後面盪到前面
在工地後側公園內
跟秋天一起盪鞦韆
他前仰他後俯他睜眼他閉眼
地球跟著陶醉了

一棟大廈挨著一棟大廈
頂住即將傾斜的天
露珠一樣，一路蔓延
都市也跟著小孩
露珠一樣，盪過天邊

20121031–20130323

雨花詩六首

雙龍橋秋雨

雨中綠葉鬥鮮妍，橋下水波梳疋練；
暖暖水源披翠羽，雙龍秋意舞翩躚。

初冬微雨過烏來

重山疊嶺過雲鄉，冷霧溫泉且酣暢；
東勢溪墘湧沸湯，烏來夜雨落蒼莽。
祖靈祭舞山岡醉，泰雅情歌河谷藏；
兩岸流光溶曲徑，一彎虹彩現康莊。

暖暖溪初冬

冬日暖江邊，紅花吻綠葉；
苔茵纏石身，激流漱壺穴。

北教大流蘇初綻

我在台北教育大學台文所任教，研究室在文薈樓，樓旁有一小塊空地，植有流蘇。每到春天，流蘇燦開時，出入研究室就和白流蘇迎面相覷。

今年的流蘇又開了，美麗的白流蘇站在枝頭上迎風招展，有純潔清白的樣態，惹人憐愛。遂賦此詩：

春風沐浴紅磚樓，錦簇流蘇倚枝頭；
新蕊初開迎翠碧，啁啾黃雀不知愁。

蕭蕭手植番茉莉開

詩人蕭蕭和我曾是暖暖的鄰居。

我先搬來暖暖，後介紹蕭蕭伉儷，也來此購屋。

蕭蕭住暖暖時，喜種樹植花，他的家宅在我家左前方，屋旁有一長條型園圃，其中就種了各種花草與果樹。我從二樓客廳往下看，花樹扶疏，怡人眼目，常戲稱「蕭蕭種花給向陽觀賞」。

後來蕭蕭回南部，因此把房子賣了，但他種的樹還是站在原處。

今早醒來，看到他手植的番茉莉開花了，紫色的花瓣和白色花瓣相間，甚是美麗，感覺這番茉莉好像在呼喚詩人蕭蕭。因而寫下此詩：

蕭蕭花木入窗明，暖暖山居春日醒；
番茉莉花紫綴白，叢中呼喚詩人情。

毛蟹蘭曬暖陽

冬日晨，客廳陽台的毛蟹蘭在陽光下舒展手腳，在光與影的映照下，浮著一股媚態，把這幾天來的陰雨都催散了。得一詩：

連日寒陰雨暫停，今朝暖照入窗櫺；
毛蟹蘭開浮媚態，階前舒展弄光影。

20130312

新北市文學逍遙遊

收到新北市文化局寄來剛出爐的「新北市文學逍遙遊」海報。上有我鋼筆書寫的地誌詩〈滾熱之泉——烏來印象〉，將在新北市公車貼出。

寫這首詩之前，專程去了烏來一趟。小學畢業旅行時來過，此後就未曾前來。這次與方梓用度假的心情，行走於烏來的山徑、吊橋和景點之間，更覺烏來之美，得詩如下：

從中央山脈的群峰之中
雲霧一路追趕過來
沿著南勢溪畔
蒸騰的水氣沸沸湯湯
催醒了山道上的櫻花

紡紗正來回穿梭
為高聳的青山編就一疋白紗
蘭尾鴝站在檜木枝梢
俯視山谷中泰雅先人的足跡
啁啁啾啾：Kilux—ulay，滾熱之泉

詩在日常中，文化在生活中。希望這首詩能和要去或剛從烏來下山的朋友分享地景之美！

卷五
聞見

20100803

詩與全球

有朋友質問我，台灣詩人都不關心全球問題，只在本土打轉。是這樣嗎？吳晟寫過、李敏勇寫過、宋澤萊寫過、李魁賢寫過、蘇紹連寫過、陳黎寫過，林宗源也用台語寫過……他大概被媒體誤導了，或者，被充斥著外國暢銷書籍的書店矇騙了。怪不得他。

一九九三年我以當時的國際亂象寫了〈亂〉，二〇〇九年在台北故事館首次朗讀，或許也可以給這位朋友一個參考。

退回來說，就算某個詩人只寫台灣，只寫自己的內在，人的內在、台灣，也都在全球之中，何嘗不是全球共通的議題。

野百合開在幽谷中，蝴蝶翻翅，都會改變地球……

20100913

春風吹在渭水道上

《渭水春風》首演日，應邀前往觀賞，工作人員請我題簽，我以「春風吹在渭水道」表達我對製作、演出此劇的所有工作朋友的敬意。

這是台灣音樂劇的里程碑，蔣渭水的革命志業和陳甜對他的情愛貫穿全劇，令觀賞者動容；劇中分飾男女主角的殷正洋、洪瑞襄的歌聲，打動了所有聆聽者的心——歷史和藝術幾近完美的結合，使蔣渭水的生命史進入聆賞者的心中。

在此劇中，我應製作人楊忠衡兄之請，提供了詩作〈世界恬靜落來的時〉、〈秋風讀未出阮的相思〉、〈夢中行過〉以及〈射日的祖先正伸手〉（摘自〈霧社〉）等四首，由作曲家冉天豪譜曲，現場聆聽，迴腸盪氣；特別是〈射日的祖先正伸手〉以賽德克語唱出，歌者詮釋出了霧社事件中賽德克族人的悲愴之情，更讓聆賞觀眾拭淚。

春風吹過蔣渭水的人生道路，也吹過接續於蔣渭水及其同年代的諸多台灣先人之後的我們，繼續在這條道路上前進！

20110308

吳晟與彰化溼地

詩人吳晟為保護國寶級的彰化沿海溼地生態，反對國光石化設廠，三月六日邀請國內作家多人到彰化縣芳苑、王功、大城一帶實地探查溼地文化。他以詩人之筆，愛鄉之心，實踐環保倫理與社會正義，讓我們肅然起敬，深受感動。

在這之前，他已在自家田地造林種樹，把愛惜土地的心落實到日常生活之中。

參加這趟文化之旅的文學界人士共四十多人，在吳晟帶領下，我們從王功燈塔出發，體驗溼地之美，並與漁民交談。

聽吳晟的解說，看他的表情，對照他背後廣闊的溼地，詩人的怒吼，不僅通過詩作，也通過行動，海浪一樣怒濤洶湧地襲來……。

20110427

大地的心願

由於行程安排關係，未能參與藝文界守護溼地詩歌會，有懊惱、遺憾之感，儘管國光案已經停擺，但環境保護與生態保育乃是千年萬代的事，重要的不是哪個案子過不過關，重要的是我們要為自己也為子孫留下可以生存的美好的樂土——這是一條久長而不可讓步的路！

一九八三年六月，《自立晚報》推出「自然生態保護週」，並推出台灣有史以來第一張生態海報「美好的樂土」，引起台灣社會的熱烈迴響與參與；一九八三年十一月，台灣第一本生態保育雜誌《大自然》創刊，《自立晚報》也主動提供最大的媒體宣傳與支持；一九八四年六月，《自立晚報》又製作了第二張生態海報「大地的心願」，八千張張貼全台各地，兩千張提供讀者索取。這是戰後台灣媒體重視台灣生態環境的第一步，在那個以經濟發展為重而不太重視保護生態環境的年代，《自立晚報》就以對台灣本土的關注，用實際行動來提醒台灣朝野不可忽視保護生態環境的急切性。

這兩張具有歷史意義的海報，都經由我的手推出，當時我擔任《自立晚報》藝文組主任兼副刊主編，一九八四年八月又兼《大自然》總編輯，在副刊推出「自然生態保護週」專輯，製作海報，鼓吹生態保育重要性，當然責無旁貸。

可惜，年代久遠，兩張海報已無法找到（也有可能隱身在我書房的某個角落），只剩一張留存的剪報，見證一九八〇年代台灣生態保育運動的起步。

「大地的心願」生態海報製作經費係由台北市梅花獅子會提供，四開，一百五十磅銅版紙彩色印刷；圖片攝影：黃德雄；文案：向陽；設計：黃憲鐘。這份剪報見於一九八四年六月十二日《自立晚報》第三版，也可見報社推動生態保育的決心和高度重視。

因為對象是大眾，我寫的文案，採分行方式，輔以韻腳，用淺近文字寫出。儘管時隔二十七年，至今狀態仍然未變，就以這篇寫於二十七年前的〈大地的心願〉來呼應藝文界守護生態環境的行動吧：

台灣是舉世公認的美麗寶島，
這裡有壯麗的高山，蔚綠的平野，
綿延的海岸，四季如春的大自然，
我們的祖先在這裡篳路藍縷，流血流汗；
我們也在這裡奮鬥發皇，
我們的下一代更要在這裡取用成長。
這裡是美好的樂土，
我們世世代代生命的搖籃。

但是，這一塊美好樂土，如今，
已在有意無意中受到摧殘。

從都市到鄉村，從高山到田原，
我們不斷地使用破壞的手段來追求物質發展。
我們一點一點揮霍祖先留下的寶貴生態，
也在一步一步滅絕子孫賴以存活的資源！

唯有健全的自然生態，
才會有取用不盡的資源。
為子孫留下美好的樂土，
不只是我們無可旁貸的責任，
更是大地最後的心願！
因為，
保育台灣的自然生態，
就是保育我們的世世代代！

20111026

旅人並不孤獨

收到我的學生曼菱、于慈寄來的明信片，上有「航空」戳、郵戳上標誌「2011.10.18」，背面是徐州博物館館藏陶俑，一對出土於徐州北洞山楚王墓的陶俑。明信片上兩位學生分別寫了她們與我一起到連雲港參加「向陽詩歌研討會」的感想。

這真好玩，明明一起出發、一起回國，還有話要說嗎？我在十五天之後收到從徐州寄出的明信片上讀到的，是旅行與書寫的一些訊息，通過空間的跨越、時間的延展，被留存也被凝聚，於寄者和收者的心中，成為生命旅程的戳記。

曼菱和于慈是我在中興大學台文所教書時的碩士生，現在分別在中興中文所、台大台文所繼續攻讀博士學位，資質聰穎，研究潛力雄厚，在這次召開於連雲港師範高等專科學校舉辦的研討會上，曼菱發表〈身體與空間：論向陽詩中記憶形式的生成與演變〉，于慈發表〈形式跨界與成長想像：論向陽童詩〉，兩文都有新的取徑和洞見。

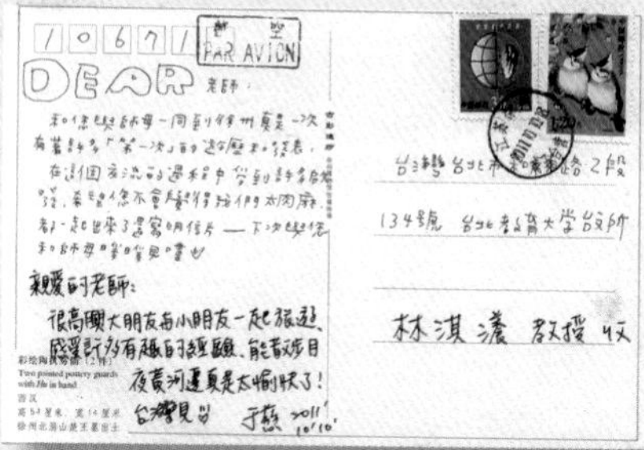

我在研討會中聆聽她們論述我的作品，回想當年在中興台文所時的師生之誼，對於她們論述能力的大幅跨越，欣慰之餘，更覺感佩。

旅行的意義，在於旅途之中總有後來者加入同行，分享所見、傳遞訊息，且在聽聞對方腳步聲中繼續前進。書寫也是，書寫跨越空間、延展時間，將生命的戳記凝聚於當下，留存於未來。

旅人並不孤獨。

Like

20111031

印地安酋長的凝視

一九八五年十月十九日，我在芝加哥歷史博物館與印第安酋長邂逅。

那是掛在牆上的一幅油畫，在時間和空間的交替之間，印地安酋長的雙眼似乎預見了族人的未來——當年我初抵美國，在芝加哥歷史博物館內凝視他的眼，想到的是台灣的原住民族也面臨同樣暗淡、蒼茫的明日。

那時台灣尚在威權年代，原住民仍被稱為「山胞」。一晃眼，至今二十六年了，這幅畫面依然鮮明如昔……。

在凝視與記憶中，歷史被書寫了下來。

20111106

松園別館所見

到花蓮參加「二〇一一太平洋國際詩歌節」，今年主題「詩生活．私生活」。這是由詩人陳黎策展，祥瀧股份公司、花蓮吳景聰文益基金會主辦的活動。應邀參加的詩人有汪啟疆、陳育虹、管管、陳義芝、葉覓覓、楊小濱、德國漢學家顧彬、羅智成、鴻鴻、楊佳嫻、吳岱穎、黃東秋、阿流以及風球詩社詩人廖亮羽等多人。

這是第六年的盛會了。

作為會場的松園別館，面對著太平洋，古木參天，約建於一九四三年，是日治時期花蓮港「兵事部」辦公室，當年花蓮重要軍事指揮中心，現已改為文建會指定歷史建築。

趁著會議空檔，在松園別館拍了一些照片，回來後寫了以下幾首短句：

*啊，這庭園，把曾經走過的軍靴拋到九霄雲外了。

*天光雲影，徘徊屋上，提琴手拉了一行波特萊爾。

*詩，給海聽，給天聽，也給生活，在喘口氣時，聽。

*蒼松如傘，天色蔚藍，都垂覆下來，細讀小樓的歷史。

*藤蔓也知道留下灰牆，等有緣者的題簽。

*詩歌照映荷花池上，聲音潛入秋天的耳道。

*綠蔭守候著藍色的天空藍色的海口，紅葉錯雜其中，秋已熟了。

*蝤結攀爬，歲月將會證明，纏勒是時間最美麗的名字。

*太平洋的風吟唱著歌詩，庭前老松開枝散葉，歡喜聆聽。

20111112

紅與黃交織的秋

在大雨中回到台北。東京的秋天，還遺留在紅與黃鮮亮的記憶之中。

回台之前，在水福兄嫂陪同下，去了昭和紀念公園，迎面而來的就是亮著金黃羽翼的銀杏步道、開滿紅葉的楓，以及日本庭園。

看到紅楓，忍不住寫下了這樣的句子：

窗外紅楓織爽秋，室中佳釀品閒情。
若問山人何處去？林間綠草逐幽徑。

在廣闊的昭和紀念公園內，步行了近三個小時，在原生林中穿梭，浸潤於森林和日本特有的園藝文化之中，而不覺疲累。

在園中，湖光水色也令人讚嘆，偶得一句：

潭中雲影托翠碧　水面松痕釣秋空

這是東京華麗的秋，紅與黃交織渲染的秋。

晚上在表參道逛街，又是一種風光。都市的色彩喧鬧相對於自然公園的寧靜，共同建構了東京的意象。

Like

20111118
夢想與實踐

今天凌晨一點半連署了鴻鴻等藝文界人士發起的開啟文化元年運動，早上開車時就聽到文建會主委下台的新聞。這是我連署過的議題中獲得答案最快的一次。

兩晚兩億多的「夢想家」，就是台灣八十多個主要藝文團體一年的總需求，這顯現的是藝文補助資源的超嚴重扭曲與超可惡排擠。相較於藝文表演團體，文學界所能獲得的資源更是少得可憐。

文建會主委下台無法解決這種病灶，國家總預算的合憲編列、文化政策的總體調整，以及所有文化生產者及其權益的重視，才是問題的核心。文化界仍有一段漫長的道路要走。

十一點到洪建全基金會參觀該會創立四十周年展：書評書目、兒童文學獎、兒童讀物出版、視聽圖書館、敏隆講堂、素直學堂……等，伴隨著我的記憶，從一九七〇年代的長廊中逐一進入眼簾。這是一個民間基金會令人感佩的成績，他們一路走來，無需一次花掉兩億多，積少成多、積沙成塔，一如入口處用一千多本書堆磊出的書塔一般——文化，在眾多像洪建全這樣的民間基金會的努力下，被傳承、被創造，但也被執政者長期漠視。這是另一個值得重視的問題。

「夢想家」的花火，不但顯映了執政者對文化工作者的踐踏，也燒出了藝文界的怒火。

這把怒火、這股力量，正在檢驗所有可能執政的政黨！

20111118

鳥回巢，雲歸山

昨天，在台文館服務的瓊芳來暖暖，代表該館正式取走了齊邦媛教授的親筆書翰。

覺得不捨，因為這封信是齊教授唯一一封寫給我的信，有著我人生中難忘的生命記憶。

但這封為推動台文館成立而寫的信，見證了一個重量級教授對台灣文學的認同，以及為台灣文學奔走的苦心。將這封信捐給台文館，提供給該館典藏，作為開館史料，就好像鳥回巢、雲歸山一樣，也就滿心歡喜了。

讓今天以及後來的人記得，曾有一位老教授聲嘶力竭、奔走呼籲，才有了這座國家級的台灣文學館！

也讓今天以及後來的人知道，權益和文化不會從天上掉下來，那是累積了過去多少人的努力、貢獻和付出，方才有了我們以為理所當然的今日！

林淇瀁先生

十二月廿八日，'98

向陽兄，

請原諒我晚上傳真說幾句明天有關「國家文學館」討論會的意見，盼在你赴會前看到。我認為它已發言不少，但仍盼你們以詩人的vision代我表達一些中心意象：

當人們說到「文學殿堂」的時候，有時會有嘲諷之意，但想到文學館，我認為它在教化的功能上應有殿堂的莊嚴涵義。（所以不宜像別的實用工作組織擠掛一張牌子而已）

這個館應該有一個進去就吸引人的明亮的中心，如大教堂的正廳穹蒼圓頂，或現代的展示核心，用種種聲光色電的技術，日新月異地說明文學是什麼？圍繞着它的是台灣的文學成績與現況，世界的文學成績與現況，在後面是收藏、展示⋯

它不是一個死的收藏所，是一個活的對話！進此門來能有一些啟發、激盪或更多的思索，至少不空心出去。

這樣具有象徵意象的館，也許不是目前所能建立的，但是往長遠想，我們應該先說明或描繪一個真正的理想。也許政府，乃至私人捐募可以有日建出一個有尊嚴獨立的國家文學館，遠超政治之上。

我知道現在的文建會林主委已盡心盡力在獨立設館的爭取，盼大家共築遠景！

謝謝你肯以此數行作個參考。中午見。

齊邦媛拜啟

20121204

「打造」太魯閣？

花蓮縣政府將耗資三十億打造「全世界唯一」結合太魯閣峽谷及太平洋景觀的「雙舞台旋轉劇場」。這訊息引起社會譁然，臉書上已有串連反對的活動，仔細閱讀相關新聞，不能不令人憤慨。

在台灣重要的自然生態區太魯閣「打造」劇場？這是何等荒謬的「夢想」啊？很難想像，當旋轉劇場被人為強力置入太魯閣峽時，那會是何等粗暴的畫面？太魯閣族的生命記憶、台灣先民的歷史足跡，以及峽谷週邊的動植物生態，都將被這粗暴的舉動破壞殆盡。這是一個粗魯的國家才可能發生的幼稚行為。

正在參選中的三位總統候選人，必須對此一可能被採行的粗暴行為表示看法——容許地方政府肆意破壞國家自然生態、人文景觀與歷史記憶的總統，不可能帶領台灣人民走向美麗的明天！

我希望，我禱告，多年前我寫的這首〈在砂卡礑溪〉不會成為下一代懷想二十世紀太魯閣峽谷的殘破文獻！

彷彿可以聽見野鹿奔走
在砂卡礑溪最最媚柔的淺灣
從百千年前大魯閣族的部落傳來
吆喝與樁杵共同搗出的天空
到此際還晴藍如昔

彷彿也是水的聲音，急急切切
跟隨紅嘴黑鵯在山黃麻枝頭
呼喚整座山谷
片麻岩兀自沉思，靜寂肅穆
於眾木咬耳竊語中

推敲心事

還有山風，駐足於此
傾聽歷史偷偷寫入岩石褶皺的嘆息
大魯閣社祭典的鼓聲
漢人開山、日軍征伐的槍聲砲聲
逐一走進玄黑曲折的大理石紋
目送砂卡礑溪往前急奔
野鹿野鹿，不復哀鳴
但使兩山之間飛奔的瀑布
為亂蹄亡走留下見證

到此際，宛然歷歷在目
色澤與曲線交響而奏的水聲
一路爬上太魯閣峽谷的兩壁巨石
在砂卡礑溪擱淺千年的灣靠
循水聲，依稀可以看見野鹿覓食

Like

20120206

山居前的山群

我在暖暖的山居，面對著一綿延的山群。從我五樓書房抬眼，就與這一山群正面相見。

我高中時住南投縣的溪頭，四樓向陽書房也一樣，推窗就有鳳凰山入眼。在暖暖看山，回想年少時在故鄉看山，有重逢舊好之感。

多半的時候，這山群總是躲在陰霾的雲霧或雨絲之後，只有等到太陽推走雲霧雨水，方才與我歡喜相見。

元宵日，放晴，我與青山重見。

我見青山嫵媚，青山見我已非少年。

20120208

行旅與尋覓

在聯合副刊發表的詩〈行旅〉，旅行到捷運和公車車廂中了。這首詩的手跡印出，在公車和捷運中，與有緣的旅人相見，這是多麼美麗的邂逅。

詩分兩段，前一段以「我尋找你，在匆迫的行旅之中」開始，我嘗試寫人與人之間的找尋，一如一尾魚在纏牽的水草之中尋覓同類。在公車上、在捷運中，熙來攘往的人群左右來去，在這些眾多陌生的瞳孔中，我的尋找帶著一絲企盼。

第二段以「在闃暗的甬道之中，我遇見你」起頭，接著是「廣袤的夜空」、「人跡渺少的街角」、最後回到「燈火睏盹的窗間」。遇見，是一件多麼幸福的事啊！

在廣漠的人生旅途之中，我們總是尋尋覓覓，尋找正確的人、尋找合宜的時機、尋找某些我們視為真理的事物。

終於有那麼一個時刻，我們遇見了那不斷尋覓的「你」，在甬道中、在夜空中、在街角、在窗間，在來來往往眾多無聲的臉容之間。

啊，驀然回首，那人不就在燈火闌珊處嗎？

20120226

反書

高中時，開始用橡皮擦刻印章，慢慢地習慣了「反書」；大學時代，無聊時就用反書抄自己的詩句，貼在宿舍牆上自娛。

達文西喜歡用左手反寫，留下不少難解的筆記；我用的是右手，也不難解。

從詩集中抄錄下這段詩句：

我們違背白天的律法
在黑夜裡點燈
在陽光下被捕
我們的罪名是
忘了熄燈
有損白天的亮麗

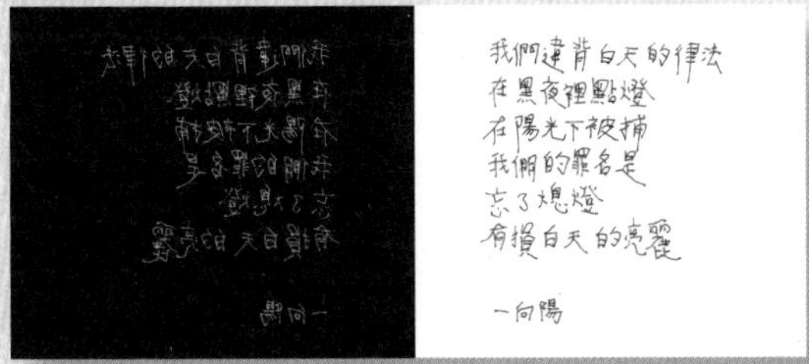

寫完反書後，掃描，再用繪圖軟體翻轉，一黑一白，左右對稱，一如鏡像——這是今晨醒來做的第一件事，離大學年代，翻轉三十餘年去矣。

詩句選自洪範版《向陽詩選》，〈日的文本及其上下左右〉三節「晨」，頁二八九。

20120303

暖暖淨水廠

暖暖淨水廠幫浦間，是我每天上下班都要經過的百年古蹟。這個古蹟不起眼，是一棟巴洛克式的建築，在台灣總督府民政部土木局於一九一八年出版的《臺灣水道誌》一書中，可以找到它落成時的照片。

這座巴洛克式建築的幫浦間完成於一九一六年，以紅磚砌成，屋身及開口部都飾有洗石子環帶，四角則以假柱強調。色彩鮮明，古風十足。

暖暖淨水廠原名基隆水道，興建於一八九八年，一九〇二年完工，開始提供自來水，迄今一百一十年了。

二〇〇六年十月，幫浦間改為「暖暖水源園區資料館」；二〇〇七年，暖暖淨水廠正式登錄為文化景觀；二〇〇八年，基隆市政府開始規劃「暖暖河川博物館」，希望保存並妥善利用暖暖淨水廠園區的文化資產，使其永續傳承。

這幾年來，親水階梯、親水公園、連接西勢溪兩岸的吊橋，逐

一完成了，河川博物館還沒看到影子……。

淨水廠幫浦間位在暖暖水源路三十八號，我住家在三十六巷，比鄰而居，雖不知「暖暖河川博物館」何時成真，已怡然寄身此地十餘年。

20120314

小人書與小人桌

今天下午四點到國家文化藝術基金會參加一場名為「國藝會、文化部及文創院於文化行政體系之定位研究」的焦點座談會，到有學者專家七人。研究案主持人王俐容博士係我讀政大新研所時的學妹，學有專精，主持這個研究案相當合適。

我在會中強調，國藝會係根據〈文化藝術獎助條例〉而成立，其定位相當清楚，就是輔導辦理文化藝術活動、贊助各項藝文事業及執行該條例所定之任務（包括設各類國家文藝獎，定期評審頒給傑出藝術工作者；就各類文化藝術，每年定時分期公開辦理獎勵、補助案之審查作業；提供文化藝術資訊及法律服務；協助文化藝術工作者，辦理各項保險事宜）。因此國藝會必須認真達成這些任務，而毋庸擔心與即將成立的文化部，以及尚未存在的「文化創意產業發展研究院」之間的關係與定位問題。

我甚至認為國藝會應獨立於行政體系之外，不受文化部的掌控或指揮；文化部只宜負責編列預算，支應國藝會獎助所需，不應涉入國藝會之獎助業務或方向，以使國藝會真正成為超越政黨、不受政治干預的獨立機構（按照目前的條例，文建會仍為主管機關）；至於「文化創意產業」（這是多麼奇怪、可畏的「組合式名詞」），國藝會不去理它可也。

回家後，上臉書，對著電腦螢幕——啊，它的背後不就是網路嗎？科技產業的龍頭老大啊。面對如此龐然的「產業」，頓時之間，只要一張紙（即使是衛生紙）就可以寫詩的我，忽然越縮越小，書桌也跟著越縮越小……。

找出一組袖珍版的農家餐桌、長條板凳，加上一套我於一九八六年親手影印、線裝的袖珍版《臺灣府志》（注），放在電腦螢目前。

按下快門，聊表我對「文化創意產業」的歌頌與崇拜！

注：這套袖珍版（61*87mm）《臺灣府志》以手工影印線裝裝訂，共十卷，全球只有一套。原書係康熙三十三年（一六九四年），福建分巡台灣廈門道高拱乾補纂版（通稱《高志》）。康熙三十五年（一六九六年）刊行，總共十卷。

20120315

掌中書，指尖讀

昨天貼了小人版的《臺灣府志》，配以農家桌椅，而以電腦螢幕、臉書內容為背景，顯現了古樸和華麗、紙頁與幕頁、閱讀與瀏覽、前古典與後現代、本土化與國際化、傳統手工和資本工業的諸多互文。那照片試圖傳達兩相矛盾、兩相融解，而又兩相映照的訊息。不知你從中讀到了哪些？

今天再貼這一張，姆指間的木刻版《臺灣府志》，以影印機縮小原著尺寸之十二分之一，再以針線仿古線裝而成。背景是一排絕版珍本：史明《台灣人四百年史》（日文版）、李獻璋《福建語法序說》（日文版）、《民俗臺灣》（日治時期合訂本）……。

請教你，這張照片又傳達了什麼樣的訊息？

福建語法序
台湾の少女
灣人四百年史
史明
編故老湮沒無聞卽欲成
書而無徵不信又執從而
誌之於是者二年幸托
朝廷無外之威德
兩臺漸被之深猷
番黎向化文武和洽
協恭政事之餘益得與
老子弟諮詢採攬凡山川
之險易水土之美惡物產
之有無風氣之同異習俗

Like

20120323
華山紅磚區的屋頂

晚上在華山創意文化園區參加一場聚會。舉頭一望，日治時期興建的建築，有著工藝嚴謹的木造屋頂，閃爍在晚宴華麗的燈光下，隱隱飄出昔日酒釀的芳香。

華山創意文化園區的所在地，清領時期稱之為三板橋庄大竹圍；一九二二年，日治時期改稱「樺山町」；國民政府來台後改為「華山」，沿用至今。

園區所見建築物及設施，是從一九一四年、即大正三年創建的「芳釀社」開始，初期以生產清酒為主，其後改稱台北專賣支局附屬台北造酒廠。戰後由國民政府接收，改名為台灣省專賣局台北酒工廠、後再改名台灣省菸酒公賣局台北第一酒廠。至一九七五年再度改名為「台灣省菸酒公賣局台北酒廠」，習稱「台北酒廠」。直到二〇〇七年十二月，在文建會委託下，改由台灣文創發展股份有限公司經營管理。

從日治到今天，將近百年了，這建物歷經了不同的年代、轉手於不同的經營者之間；從釀酒到文化產業，也有相當的變化。

沒有變的，是這挑高的屋頂，它見證春華秋月，它閱盡人世滄桑——會仰頭望見它的人，大概也有限吧。

20120327

含笑花開

黃昏時與方梓到水源地散步。所謂「水源地」，包括了暖暖水庫、水廠、花圃，當然也包括我的住處。

這幾天難得放晴，今天下午難得偷閒，在晴朗的天空下，沿山徑行走，身心更覺舒泰。一路鳥聲啁啾，花香沁心，草香撲鼻，行踏於天地之間，頓有浮雲一般的閒適。

杜鵑已開過，桃花還迎著春風，路旁的鮮豔小花，紅的紫的黃的白的，相互鬥豔。

含笑也開花了，在小徑左側，有的含苞待放，有的已經燦開，有的則花苞微開，花蕊隱現，若少女之含笑，羞怯中自有一絲怡然。

含笑花開的樣態，在周邊綠葉的襯托下，乳黃色的花瓣更顯柔和，又有斜陽來幫忙打光，給含笑的羞澀增添了華彩；而將晚的風，不時送來的也是含笑的清香。

在自然界的律則下，含笑花開，如此恬靜，如斯甜美。

20120413

無法究明、無以探觸的黑

今天過了不一樣的一天。兩種截然相異的氛圍，分占了我的日與夜。

下午，參加吳三連獎基金會、吳三連台灣史料基金會的董事會，談的是台灣前賢吳三連先生的數位資料庫建置、吳三連獎的徵件以及台灣史料基金會的年度活動與計劃。

晚上，應音樂時代之邀，觀賞他們精製的年度大劇《東區卡門》，演的是二十一世紀台北東區現代女性的內在心靈與情慾世界。這與《四月望雨》、《渭水春風》當中的舊式情愛相異甚大，顯見音樂時代團隊的力求突破。

歷史史料與現代浮世，兩種氛圍，兩種圖像，看似歧異，不過細想起來，兩者好像都有著一樣的色調——

那就是，黑。讓人無法究明真假、無以探觸深淺的黑。

而這就是，人的世界，外在的，與內在的世界。

20120611

台日文學者交流會

短暫的三天，為東日本大震災復興祈念而舉辦的台日文學者交流會在今晚的惜別晚會告一個段落。參加這次會議的台日作家在盛岡首都飯店岩手廳合影留念，為台日雙方的詩文交流留下見證。

這是由國際啄木學會、岩手大學、盛岡大學協力的參訪活動，行程緊湊而別具意義。昨天，上午參訪詩人石川啄木紀念館、下午參訪詩人、小說家宮澤賢治紀念館。岩手縣內出身的兩位日本大文豪的身影、圖像、詩碑、遺跡，讓我更加了解兩位大師的文學志業，也親眼看到日本社會對詩人、作家的珍惜與重視。晚上，在盛岡迎賓大廳主辦的詩歌與音樂交流，更是充滿文學與美的心靈對話；日方的詩人、歌人、俳人朗讀與三一一地震相關的詩作，真情動人。

今天白天，到三一一災區訪問。我們訪問的兩個地方：釜石、大槌，都是重災區，迄今仍滿目瘡痍，盡是廢墟，除少數房屋傾頹，餘皆夷為平地，所見猶如鬼域，令人戰慄。在地震、海嘯、火災、核電報廢連番襲來的重重災厄下，雖然十五個月過去，重建之路仍然漫長無期。實際走踏，悽其於心，尤其不忍。

這是我參加過的文學會議中最為怵目驚心、震撼難安的一次。祈願東日本早日站起，亡者安息，生者堅強活下去；也祈願擁有兩位偉大文豪及其心靈的岩手縣，通過連連災厄，早日復興！

20120625

雲南大學銀杏道

和語創系師生一行十四人到昆明雲南大學參加兩校碩士生論文研討會。參觀校園時，看到了這所詩人李廣田曾擔任過校長的校園中，有一條「銀杏道」。

我對銀杏有一種鄉愁。我的故鄉溪頭擁有台灣唯一的銀杏林，高中時我常在銀杏林中散步、沉思；大學畢業前我出版第一本詩集，書名就叫《銀杏的仰望》；出國旅行，每見銀杏，都會不由自主地停下腳步，仔細端詳。

旅人大約都是如此吧，在陌生之地發現熟悉，也在千帆過處反芻曾經。

20120629

苦樂皆在行踏間

今天一早從麗江出發，回返大理，上午搭纜車上蒼山，下午參觀喜州民居，再到天龍八部影城，看了一齣不怎麼樣的「印象天龍八部」秀，接著是觀音塘古寺，傍晚來到大理古城。同行的師生在古城南門前合影，結束了這趟雲南之行的旅遊行程。

明天一早要由大理坐四個半小時的車到昆明，再由昆明機場搭機，轉香港回國，回抵桃園機場就已晚上八點多了。

這次旅行，從昆明而大理到麗江，再由麗江而大理到昆明。沿途所見，明山麗水。印象最深刻的，是未經人工斧鑿的山川湖泊與溪流；比較失望的，是全面翻新，並且持續擴充中的「古城」（儘管麗江古城名列聯合國教科文組織《世界遺產名錄》之內）。

旅行之樂，在於行踏；苦，也在行踏。

20120704

台灣文學外譯

收到台文館寄來《台灣文學外譯書目提要》，收一九九〇—二〇一一年文建會補助外譯台灣文學書目，共一百四十八種，外譯文類以小說為大宗，新詩次之，餘為評論或史著，標誌了過去二十年台灣文學的外譯成果。

一百四十八本外譯，看來為數甚多，若除以二十二年，每年約只七本，則又相對貧寠不足，顯見我們這個外交國稀少的國家，在富足的年代，對於所費有限的文學、文化外交，也未嘗認真過。

我們侈談全球化、國際化，卻只見輸入，疏於輸出。偃蹇寥糾，相對於中國現當代文學外譯的熱絡暢達，台灣文學在全球的視野中，直如芥子、細沙。

二〇一〇年之後，此一業務已轉由台灣文學館承辦，並將原來「中書外譯」改為「台灣文學外譯」，今年復於館內成立「台灣文學外譯中心」。這是必要而正確的作法。

期望台文館多加把勁，除了原來被動接受申請之外，也能主動挑選具有代表性的台灣文學作品，委託外國譯者及出版社出版。雙管齊下，或能增加台灣文學在全球視野中的能見度。

20120901

記者上街，反媒體壟斷

記者節的今天，台灣記者協會發起遊行，號召關心台灣媒體壟斷問題者上街。他們在時報大樓前，抗議旺中集團併購中嘉有線系統，抗議遊行分成新聞工作者，學生還有公民團體三大隊，從艋舺大道出發後，走向國家通訊傳播委員會（NCC），要求正視媒體壟斷，重新審議。

十八年前的今天，一九九四年九月一日，由於自立報系經營權轉移，引發報系內部記者反彈，上街遊行抗議，要求編輯權的自主和勞動權的保障，這是台灣媒體記者為捍衛新聞自由走上街頭的首例。當時自立報系（早、晚報）編輯部組成「編輯室公約」起草小組，由時為早報總主筆的我擔任召集人，成員包括早報總編輯蘇正平、晚報總編輯李永得等人，經過兩天討論，最後完成草案，交由編輯部同仁公決通過。

遺憾的是，這份強調新聞編採獨立自主，「不受任何黨派、商業、宗教或其他利益團體之左右」，而以總編輯由編輯室票選、不

・台北自立快報・

台北自立快報25號

西元1994年8月31日(星期三)

本報系編輯室公約草案出爐

總編輯由發行人提名　同仁行使否決權

901
大家一起來

受董事會或經營者左右為標竿的公約，只在風雨飄搖的自立報系實施，隨著其後自立的倒閉，終成絕響。

十八年後，記者上街，所爭者已由新聞內部自由轉為更複雜的外部媒體壟斷問題。這是台灣媒體自主、新聞自由與公民意見都已面臨可預見危機的關鍵時刻。貼出十八年前自立報系內部的自救訊息，儘管這是失敗的經驗，前事不忘，後事之師，但願能鼓舞反媒體壟斷的決心。

Like

20121001
《青苔》上階綠

中秋夜，女兒和陳偉來暖暖聚餐，帶來剛出版的《青苔》創刊號，一本超越我這個年代出版人想像的刊物——封面印的不是刊物名稱「青苔」，而是手工拓版的「他們說滾石不生苔」；整本刊物採取穿線膠裝，也是一本一本手工裝出來的；扉頁一打開，迎面看見的是方型紙蚊香，背後有一段文字，手工裝，讀者也要動手抽出才能閱讀。

這真是一本超越我的年代的「非典型出版品」哪！我從國小喜歡書刊，也嘗試編輯，從手寫的到鋼板刻印的、從鉛字排版到打字貼版……，從高中時期的《笛韻詩刊》、校刊，到大學時的《華岡詩刊》，進入社會後編的《陽光小集》、《時報周刊》、《大自然季刊》，乃至於必須面對大眾的《自立晚報副刊》，刊物或大或小，都遵循著前人的模式、市場的法則，缺乏像《青苔》這樣叛逆性的創造思維。在我的編輯生涯中，《青苔》是我這個年代不敢想像的刊物！

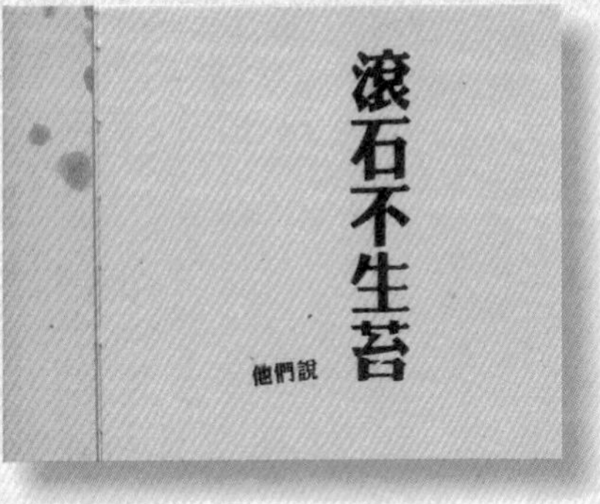

我在中秋夜，月光下，展讀這份獨出一格的刊物，讀女兒寫的〈一段冗長的發刊言〉，回想她嬰幼時就在書堆中爬來爬去，在準備寄出的《陽光小集》詩雜誌旁摸東摸西——當年的客廳如今成為「麵包樹工作室」，陽光穿過窗間優遊於客廳地板，《青苔》就此滋生。啊，這個看不到階梯的七樓客廳，彷彿也浮出了爬滿綠苔的階梯，超越典模，通向自由的年代。

一如女兒所說：這座階梯「窩藏人們與自己在創作裡的幸福和誠實，還有許多悲傷挫折但最最自由的時刻」。

Like

20121002
龍瑛宗文學劇場

今晚應頑石劇團總監郎亞玲之邀，在台北茉莉二手書店參加「龍瑛宗文學劇場——燃燒的女人讀書會」。參加的貴賓還有龍瑛宗之子劉知甫、老友李勤岸，劇中的男女主角陳韋龍、劉小菲，男女配角賈孝國、黃怡華也來現場現身「演劇」。

龍瑛宗年輕時就以小說〈植有木瓜樹的小鎮〉揚名日本文壇，他的日文流利典雅，具有高度文學性，融合川端康成新感覺派的細膩心理描寫手法、西川滿的頹廢美學，拔高了台灣日文文學的高度。遺憾的是，戰後廢止日文，使他和所有跨越語言的一代作家都必須從頭開始學習中文，直到一九七〇年代鄉土文學崛起方才復出。

知甫兄談到他父親龍瑛宗逝世前一年，已然失智、失語，卻還是習慣一書在手。令我驚心。想像龍瑛宗一生追求文學，擁有高度創作能力，卻在動亂的年代中，面對無法決定、選擇自身語言的苦痛，中壯之年又因「國語政策」而中輟文學之路，導致晚年不為台灣下一代讀者所知——這不也是一個優秀作家文學生命的「失語」嗎？

我要向郎亞玲致敬。台灣的劇場環境近幾年來屋漏夜雨，經營艱困，她和頑石劇團卻咬牙苦撐，在惡劣環境中為一生都在「失語」中的龍瑛宗發聲。她選擇龍瑛宗多篇細膩描述台灣女人命運與意志的小說、隨筆，編成《燃燒的女人》，再現龍瑛宗文學之外，也重新詮釋了台灣女性的身影和生命。

20121006

紀州庵「演歌」

晚上在濟州庵「作家演歌」演講〈心內的「亂」歌〉，到有聽友近八十人，二樓的演講廳，擺置高雅，氣氛柔和，有置身貴賓室的感覺。

這感覺也會感染，全場兩個小時，有笑聲、有鼻酸，也有沉吟。我從聽者的眼中和回應，得到了回饋的欣慰。

我事前為演講準備了PPT，三十四頁，從凌晨製作到清晨八點，睡覺，下午兩點繼續到五點完成。就為了這次演講，希望不讓來賓失望。

這場演講共分十三節，從零到十二，我在首節中以「亂歌Z／S戀歌」來比喻詩與歌的關係，我向聽友說：詩是剛直之歌，我的詩集《亂》，寫亂世的諷喻，一如英文「Z」的字形一般，稜角突出、鋒刃銳利；而我寫的被譜出的歌，則是是柔美的詩，一如英文「S」一樣，柔軟玲瓏，曼妙多情。無論剛直或柔美，兩者都教人痛疼。

EPSON

20130107

發表於十三年前的反核文章

詩人鴻鴻來信，說「基於政府對於核能問題的避重就輕，核四將持續追加六百零二億的預算，柯導邀請各位藝文界的朋友一起連署，請馬政府停止增加此筆預算」。接信，立刻回覆他，我願意連署，理由很簡單，就是大家耳熟能詳的一句話：要孩子，不要核子。

回信後，想到二〇〇〇年五月一日，發表在已經停刊的台灣日報副刊的散文〈來聽美麗島嶼怒吼的歌〉，將近十三年了，當年我的想法居然還適用於此刻——台灣真的進步了嗎？

> 我在蘇花公路之旅，東北角海岸之行中，感受到的台灣淨土的印象和體會，可能是很多台灣人共同的感覺，也可能不是。但無論如何，台灣終究是我們與子孫後代共同的家。台北在意的或許是創造更多的電力，應付更奢侈的消費和浪

費，創造「永無止境」的經濟「奇蹟」；核四不可能蓋在台北，不可能蓋在都會地區，於是台北選擇了鹽寮，選擇了台灣偏遠的角隅和離島。這些角隅和離島原來……是台灣美麗的淨土，卻因此懷璧其罪，成為創造台北繁華的垃圾場和危險機房，今日鹽寮的美麗之下，原來隱藏著醜陋與危險，金黃的海砂也將因為核四的建成流失殆盡，成為灰濁的死海。這是台北那些擁核的政商名流樂見的結果嗎？

重讀當年寫的這段文字，心中微涼。

相較於蘇花公路的渾然天成，太魯閣國家公園的雄偉壯觀，中央山脈和太平洋的繾綣相對，自然天險反倒保障了東海岸的人文與自然、歷史和地誌，「非核家園」在群山險峻之中不假外求，無待抗爭，帝雉出沒於深山、鯨豚躍跳於大海，介於台北和花蓮之間的鹽寮何其不幸，竟成為泡沫似的經濟發展吞吐毒害的機房？少掉一座核電廠，多出千百座美麗花園。答案，在全體台灣人民的手中，在全體台灣人民面對台灣歷史、人文和自然生態、環境保護課題而願意多一點素樸生活、少一些無謂的、過度的經濟開發的決志之下。

20130311

一年前三一一災區所見

二〇一一年三月十一日，日本東北地區福島、岩手和宮城等三縣遭規模九點零強震襲擊，並引發海嘯，造成近一點九萬人死亡與失蹤；其後，大水灌進福島核電廠，釀成核災，數十萬災民被迫避難。

兩年過去，三一一地震對日本的傷害仍在持續。據日本官方統計，災變發生至今，仍有三十一萬五千人在臨時安置所棲身；截至三月八日，因長期避難導致病故或自殺者達兩千三百零三人。

去年六月，在駐日代表處林水福兄的安排下，我與詩人陳義芝、陳育虹、白靈等人到達受災慘重的岩手縣與日本作家交流，並走訪災區。所見斷垣殘壁，驚心怵目，當時拍下的災區照片甚多，迄今仍不忍打開；我們沒有去的福島核電廠幅災區，傷害當百倍萬倍於我們所見。

台灣也是地震頻繁地區，九二一地震仍有餘悸，核能廠卻擁抱了全台，要蓋不蓋?答案自然明白。

20130421

世界地球日的祈願

又是一年度的世界地球日，除了愛護地球，做好環境保護之外，面對著天災人禍不斷的世界，多希望我們每個人都盡心愛她。

一九九一年十月，我曾木刻一幅版畫，題為〈擁抱開滿鮮花的地球〉，畫中一男一女，張開雙手，擁抱前方開滿鮮花的地球儀；以地球儀的軸為界，左陰右陽，象徵時間與空間。

這一幅畫隱藏著我的祈願：

沒有殺戮，只有親吻；
沒有戰爭，只有和平；
願悲傷遠離，歡樂盈門；
願醜惡盡去，美善滿心。
願我們都能擁抱，
開滿鮮花的地球！

向陽 1991

隨品
筆味
taste
— 14

臉書帖

作　　者／向　陽
發 行 人／張寶琴
總 編 輯／李進文
責任編輯／張召儀
資深美編／戴榮芝
校　　對／向　陽　任　容
業務部總經理／李文吉
行銷企劃／許家瑋
財 務 部／趙玉瑩　韋秀英
人事行政組／李懷瑩
版權管理／黃榮慶
法律顧問／理律法律事務所
陳長文律師、蔣大中律師
出 版 者／聯合文學出版社股份有限公司
地　　址／110臺北市基隆路一段178號10樓
電　　話／（02）27666759
傳　　真／（02）27567914
郵撥帳號／17623526 聯合文學出版社股份有限公司
登 記 證／行政院新聞局局版臺業字第6109號
網　　址／http://unitas.udngroup.com.tw
E-mail:unitas@udngroup.com.tw
印 刷 廠／鴻霖印刷傳媒股份有限公司
總 經 銷／聯合發行股份有限公司
地　　址／231新北市新店區寶橋路235巷6弄6號2樓
電　　話／（02）29178022

出版日期／2014年2月　初版
2017年4月14日 初版三刷第一次
定　　價／320元

ISBN 978-986-323-070-0（平裝）

國家圖書館出版品預行編目資料

臉書帖 / 向陽著. -- 初版. --
臺北市 : 聯合文學, 2014.02
288面 ; 12.8×19公分. -- (品味隨筆 ; 14)

ISBN 978-986-323-070-0(平裝)

855　　　　103002313

我尋找你，
在匆迫的行旅之中
如一尾魚，
在擾攘的水草之中